局外人

〔法〕阿尔贝·加缪 ◎著　馨文◎译

中国华侨出版社
·北京·

　　记不清是多久了，《局外人》的主旨被我归结成这样一段现在看来很是荒诞的结论：在如今这个社会，所有在他母亲的葬礼上不哭泣的人，都有可能会被判处死刑。我是想说，书中的主人公为什么被大家认定是有罪的，也许就是因为他违背了这个社会规则。从这个意义上来说，或者对于他所生活的这个社会来说，他是一个不折不扣的异类。他游走于世界的边缘，游走于他的孤独而肉欲的生活之中。

可是，如果你试图问这样一个问题，默尔索是通过一种什么样的方式来对这个社会规则说不的，对于这个人物，你也许就会有一个更加准确的，最起码和作者的真实意图更加贴近的看法。默尔索坚持不说谎话，说谎并不代表着就一定说假话，更代表着说些真实以外的东西。他始终表现出最真实的自我，从不隐藏内心最真实的想法，这立刻让社会觉得受到了挑战。例如，当人们用习惯的方式询问他是否后悔他所犯下的罪行时，他回答说，他觉得更多的是烦恼，而不是后悔，这正是他被判有罪的原因所在。

本书给读者展示了一个孤单、无情、荒谬甚至麻木的人物形象，也对存在主义哲学中所谓的荒诞性进行了最深刻的体现。在荒谬的世界里不断做出荒谬的行为，认为人生是毫无价值的，世界是可笑的、让人绝望的，对所有事物都是一副无所谓的态度，这就是我们眼中的默尔索。他的悲哀，就表现在他的生命之花快要凋谢时，他才觉醒。看到他，我们不禁要扪心自问：在荒诞的世界里，我们应该怎么办？

所以，对于我而言，默尔索只是一个痴迷于普照大地的、不能容许一丝阴影存在的太阳的可怜人而已。他并不是无情，他被一种对于完全和真实的执着的热情激励。这种有关我们的本质和有关我们的情感的真实也许还存在瑕疵，可是如果它消失了的话，我们就不可能实现对于我们自身或我们这个世界的追寻。

荒诞的反面就是理性，当理性的规范到达一个极端时，世界就被称为荒诞的世界了。面对这种巨大的荒诞压力，有的人奋起抗争，有的人唯唯诺诺，可是最后基本上都以生命的结束告终。

本书用第一人称的叙述方式，带领我们一步步走向深渊。或许对于小说中的"我"来说，所有现实事件都很小，都不值一提，但正是这一件件小事串联起来引发了后来的悲剧。

Contents
目录

第一部

1 003

2 026

3 036

4 050

5 060

6 070

第二部

1. 091

2. 105

3. 121

4. 144

5. 159

第一部

1

养老院发了一封电报给我："令慈仙逝。葬礼明日举行。此致，慰唁。"电报的表述有些模糊，我也不知道，妈妈究竟是在今日还是昨日去世的，或许是在昨日。

明天，我要从阿尔及尔出发，搭乘公共汽车去位于马朗戈的养老院，两地相距八十公里，当天下午就能到达，不会耽误守灵，晚上就能够回返。老板给了我两天的假期，毕竟事出有因，他没有拒绝的理由，哪怕我去请假时他满脸的不情愿。"我没做错什么。"我对他说。他没有理我。我想我真的没有必要这么对他说，相反，我本该得到他的安慰。不过，当他后天看到戴着孝仍坚持工作的我的时候，他肯定会有所表示的。就仿佛母亲依然健在。唯有葬礼之后，这件事才算尘埃落定。一切才会被悼念的色调所笼罩。

两点钟的时候，我顶着酷热坐上了公共汽车。我一如往昔，在塞莱斯特饭店吃的饭。很多人都为我感到伤心，塞莱斯特嗟叹，"不管是谁，母亲都只有一位！"我启程时，他们为我送行，直送到大门口。艾玛尼埃尔的伯父数月之前刚刚过世，我得去他那里借黑领带和葬礼时用的臂章，这让我感到烦躁。

我是跑着过来的，因为怕错过公共汽车。我跑得很急，汽车又很不平稳而且充满了汽油的味道，天空折射着阳光，公路也有些反光，这一切都让我无精打采，打了一路的瞌睡。再次睁开眼睛，我才发现自己竟然靠在一位军人身上睡着了。他对我微微一笑，询问我是否来自远方。我不想和他交谈，只敷衍地说了声"没错"。

我徒步走了两公里，才从村里走到养老院。我迫不及待地想要与母亲见面。可是看门人告诉我，我得先与院长见一面。因为院长非常忙碌，我不得不稍等片刻。这段时间，看门人一直在侃侃而谈，之后我与院长见了面：地点是院长办公室。他很苍老，佩戴着荣誉团的勋章，瘦削，个子也不高。他的双目炯炯有神，来回打量了我几次。他握住了我的手，很长时间都不松开，我也不知道该怎样把手抽回来。他拿出一份档案，翻了翻，然后对我说：

"您是默尔索夫人唯一的赡养人,她已经在这里住了三年了。"我想他这是在怨怪我,当即就要为自己辩解,却被他打断了:"我的孩子,您无须解释,您母亲的资料我看过,她需要被服侍,但您的收入有限,无力为她支付生活所需的费用。送她到养老院,也是希望她的生活能更好。""的确如此,院长先生。"我说。他又补充道:"您了解,院里有不少与她年龄相仿的人,她们能彼此相伴,兴致勃勃地探讨过去的种种。您的年纪小,和您共同生活,她反而会感到郁闷烦恼。"

这是事实。母亲在家时,总是默默地看着我,从早到晚,却又不说话。初到养老院,因为不适应,她时常哭泣。数月之后,如果要接她回去,她也会哭泣,也是因为不适应。正因为如此,从去年到现在,我几乎一次都没有来看过她。诚然,来回一趟,就得浪费我一整个星期天，况且，来的话还要买票、赶公交，单单在路上就得花费两个小时。

院长滔滔不绝，我却心不在焉。最后，他说："我想，您是乐意与您的母亲再见一面的。"我没有回答，只是默默地站起来，在他的带领下，离开了办公室。下楼的时候，他一边走一边对我解释："院里有一座小停尸房，您母亲现在在那里。每次有老人离去，院里的其他老人总会感到恐慌，要紧张两三天，我们的工作也会陷入困境。将她挪过去，也是为了不对别的老人造成刺激。"途经一座小院时，三五成群地聚坐在一起聊天的老人们看到我们，立即就不说话了。等我们过去了，他们才继续，仿佛一群聒噪的鹦鹉。在一座小屋门前，院长告辞离开，他说："我先离开了，默尔索先生，期待在办公室与您再见。明天上午十点，葬礼会如期举行，这是规

矩。提早叫您过来，是希望能留给您较充裕的守灵
时间。另外，您母亲的伙伴们说，您母亲好像希望
能够遵循宗教传统来为自己举办葬礼。此事我已安
排妥当，但还是要跟您说一下。"我向他表达了我的
谢意。尽管母亲并非无神论者，但她生前却也不曾
提起过宗教。

我走了进去，小屋的厅堂很明亮，墙壁用白灰粉
刷过，天棚是玻璃的，厅里有几张座椅，几个呈 X 形
的架子，有两个架子位于正中央，架子上放着一口棺
材，已经盖好的棺盖上有一排松散地钉在褐色木板上
的、锃亮的螺丝钉，醒目异常。站在棺木边的是一位
身着白色罩衫、头戴彩色方巾的阿拉伯籍女护士。

这时，看门人进来了，他应该是一路跑过来的。
他站在我的身后，结结巴巴地对我说："您得瞧瞧
她，棺盖被他们盖上了，我给您打开。"已经走到棺

图书在版编目（CIP）数据

局外人 /(法)阿尔贝·加缪著;馨文译. —北京：
中国华侨出版社，2016.11（2024.3重印）
ISBN978-7-5113-6475-3

Ⅰ.①局… Ⅱ.①阿… ②文… Ⅲ.①中篇小说—
法国—现代 Ⅳ.①I565.45

中国版本图书馆CIP数据核字（2016）第284487号

局外人

著　　者：〔法〕阿尔贝·加缪
译　　者：馨　文
责任编辑：唐崇杰
封面设计：冬　凡
经　　销：新华书店
开　　本：880毫米×1230毫米　1/32开　印张/6　字数/66千字
印　　刷：三河市燕春印务有限公司
版　　次：2017年2月第1版
印　　次：2024年3月第16次印刷
书　　号：ISBN 978-7-5113-6475-3
定　　价：35.00元

中国华侨出版社　北京市朝阳区西坝河东里77号楼底商5号　邮编：100028
发 行 部：（010）88893001　　　传　　真：（010）62707370

如果发现印装质量问题，影响阅读，请与印刷厂联系调换。

图书在版编目（CIP）数据

局外人 / (法)阿尔贝·加缪著；馨文译. —北京：
中国华侨出版社，2016.11（2024.3重印）
ISBN978-7-5113-6475-3

Ⅰ. ①局… Ⅱ. ①阿… ②文… Ⅲ. ①中篇小说—
法国—现代 Ⅳ.①I565.45

中国版本图书馆CIP数据核字（2016）第284487号

局外人

著　　者：〔法〕阿尔贝·加缪
译　　者：馨　文
责任编辑：唐崇杰
封面设计：冬　凡
经　　销：新华书店
开　　本：880 毫米 ×1230 毫米　1 /32 开　印张 /6　字数 /66 千字
印　　刷：三河市燕春印务有限公司
版　　次：2017 年 2 月第 1 版
印　　次：2024 年 3 月第 16 次印刷
书　　号：ISBN 978-7-5113-6475-3
定　　价：35.00 元

中国华侨出版社　北京市朝阳区西坝河东里 77 号楼底商 5 号　邮编：100028
发 行 部：（010）88893001　　传　真：（010）62707370

如果发现印装质量问题，影响阅读，请与印刷厂联系调换。

木边的他被我拦住了。"您不愿意瞧瞧?"他疑惑。我说:"不愿意。"他的行动只好终止。我知道我不应该说这样的话,我感到有些难堪。片刻之后,他看着我,问:"原因呢?"似乎他只是想得到一个清晰的答案,话语中并无怨怪之意。我说:"我也没法说清楚。"他将着自己已经花白的胡须,郑重其事地说:"我理解。"却再没有看我一眼。他面色红润,淡蓝色的眼睛十分迷人。他在我身后坐下,我则坐在了他搬来的另一把椅子上。女护士起身离去。"她患的是下疳。"看门人告诉我。我有些迷茫,看向那位护士,在她的头上,眼睛下方,缠着一圈绷带,平平的绷带与鼻子平齐。那一圈白白的绷带在她脸上最是醒目。

她离开后,看门人也向我告辞,但因为我做了某个连我自己都不知道是什么的手势,他留了下来。

他依旧在我身后伫立，这让我觉得十分别扭。夕阳的余晖洒满小屋。玻璃天棚外，两只大胡蜂漫无目的地乱撞。倦意袭来。我头也不回地问看门人："您在这里很长时间了吧？""五年了。"他立马给出了答案。就仿佛他始终都在等待着被我询问。

之后，他侃侃而谈，大说特说。他认为，他不可能一辈子都蹉跎在马朗戈养老院做一个看门人。他今年六十四岁，家在巴黎。"您是外地人？"他的话被我的疑问打断。此时，我才回忆起，在带我去院长办公室的路上，他与我谈论过我的母亲。他告诉我平原地区气候炎热，马朗戈更热，劝我及早将母亲下葬。说这些的时候，他就对我说过，对生活过一段时间的巴黎，他一直都十分眷恋，不曾遗忘。按照巴黎的风俗，死者能停灵三天或四天，但这里不行。追随着柩车，如此匆忙地下葬，让我极不适应。他的太太就在他身边，她提醒他："不要再说了，你不应该将这些告诉这位先生。"看门人涨红了脸，连声说对不起，我赶紧来打圆场："没关系。"我觉得看门人的话很有趣，也不无道理。

在停尸的小屋，他对我说，他之所以会来养老院，是因为经济困窘。他很壮实，因此自告奋勇做了看门人。说到底，他也是养老院收容的老人之一，我向他指出了这一点。对此，他并不认同。在谈及院中的老人时，他总是用"他们""老人们"或者"那群人"来做称谓，这让我备感诧异，事实上，院中的部分老人比他还要年轻一些。他希望借此将自己与养老者区分开来，这一点显而易见。他是看门人，从某种程度上来说，他们是被他管辖着的。

这个时候，女护士走了进来。浓浓的夜色急遽而至，铺满了玻璃棚顶。看门人将灯打开，骤然的光亮让我的眼睛因为受到刺激而难以睁开。他邀请我去食堂共进晚餐，可我没有食欲。于是他希望能为我送来一杯我最钟爱的牛奶咖啡，我同意了。片刻后，他端着托盘回来了。喝过咖啡，我想吸根烟，但我不知道在母亲的遗体前这样做是否被允许，我犹豫了。但我想了一会儿，觉得这对正事并没有多大妨碍，于是便递给看门人一根烟，与他一起抽了起来。

片刻后，他和我说："您要清楚，按惯例，您母亲在养老院的朋友们也要来为您母亲守灵。我需要去准备一些咖啡，再找一些座椅。"我问他可不可以将大灯关掉一盏，惨白的墙面反射着强烈的灯光，令我更加困倦。他说不可以，这些灯要开就一起开，要关就一起关，装修的时候就是这么设计的。那之后，我再也没有兴趣去关注他。他来来回回，将部分座椅摆放好，将咖啡壶放在其中一把座椅上，咖啡杯被他摆在了壶周围。之后，他隔着母亲的棺木，坐在了我对面。女护士也在，她背对着我，坐在靠里的位置，我不清楚她在做什么，但瞧她的动作，似乎是在织毛线。屋内很温暖，在咖啡的作用下，我感觉有点热，门是敞开的，鲜花的芬芳伴着夜色飘了进来。我觉得有那么一段时间自己睡着了。

将我吵醒的是一阵窸窣。我刚睡了一会儿，惨白的停尸房看上去越发瘆人。所有出现在我眼前的事物，曲线也好，角落也罢，全都异常清晰，不见一丝阴影。就在这时，母亲的院友悄悄地走了进来，一共十来个人，在耀目的灯光下，更显寂静。他们悄无声息地坐下，没有一把椅子发出声响。我仔细打量着他们，我从未这样瞧过他人。他们身上的所有细节我都有注意，不管是相貌，还是衣着。但是，我没听到任何声响，以至无法确信他们确实是存在的。每一个女性都围着围裙，肚子因腰间系着的带子越发凸出。我一直都没有注意过上了年纪的女性那臃肿的腹部。所有的男性都拄着拐杖，身形瘦削。他们脸上，几乎见不到眼睛，唯有一点混浊的光亮在重重的皱纹之间凸显，令我备感诧异。他们中的绝大多数，坐下之后就开始打量我并局促地颔首，因为没有牙齿，嘴唇向口腔中凹陷，我不知道他们是在问候我，还是脸部痉挛了一下。但我仍相信他们是在问候我。此时，我突然意识到他们全都坐在我对面，全都微微摇晃着头部围坐在看门人身边，他们仿佛全都是来对我进行"审判"的，即使我自己也知道这样的印象很可笑。

不久之后，坐在第二排的一位女士开始啜泣，她的声音很低，哭得也很有节奏，她的同伴遮挡了我的视线，我只能模糊地看到她，瞧她的模样，应该会一直哭下去。其他的人对她的啜泣充耳不闻，他们全都垂头丧气、一脸愁容地沉默着。他们或是凝视着棺木，或是凝视着手中的拐杖，抑或凝视着其他什么事物。那位女士一直在哭泣，我很诧异，因为我与她素不相识。她这般悲泣委实非我所愿，可我却没有勇气告诉她。看门人欠着身，和她交谈了几句，但她摇摇头，嘀咕了一声之后继续有节奏地啜泣着。于是，看门人走过来，在我身旁坐下。他没有正视我，沉默良久之后，他说："她与您母亲关系十分亲密，她告诉我您母亲是她唯一的挚友，现在，她一无所有了。"

就这样，所有的人都在屋中沉默地安坐，后来那位女士的悲声渐弱，但仍抽抽噎噎。终于，她也沉默了。我的睡意不见了，但我觉得非常累，腰背酸疼。这个时候，在场之人的集体静默让我觉得异常难受。耳边偶尔会传来奇怪的声响，我不知道那是什么。时间长了，我终于明白，那是其中几个老头咂巴腮帮子时发出的"噗噗"的怪响。他们全然没有注意到这些小动作，整个人都陷入了某种混乱的思绪中。在我看来，在他们中央安卧的逝者于他们而言其实毫无意义。现在细细回想，我又觉得自己那个时候的认知有点荒唐。

看门人准备的咖啡被喝光了。之后的事情我没什么印象。记得夜半时我曾醒来，老人们全都蜷曲着身体陷入了沉睡，除了那位用放在拐杖上的手支撑下颌，始终都紧盯着我，似乎是要看我何时醒来的老人之外。之后，我又进入了梦乡。我再次醒来时，晨光已经将玻璃天棚映照，之所以醒来，则是因为腰越发地酸疼。片刻之后，另一位老人也醒了，他一直都在咳嗽。那块被他用来吐痰的手帕是格纹的。他每一次吐痰都很艰难，就仿佛在做一次手术。其他所有的人都被他吵醒了，看门人说他们该离开了，于是他们起身。辛苦守了一夜的灵，他们每个人脸上都像带着一抹青灰，但让我意想不到的是，离开时，他们全都和我握手告别，仿佛一夜沉默的相处让我们变得格外亲近。

我很累，很乏。在看门人的带领下，我来到他的房间，草草洗漱之后，喝了一杯美味的牛奶咖啡。走出房间时，马朗戈高高的山峦之上，日头已经高悬，大海被山峦间隔，红霞漫天，湿咸的海风从山的另一侧吹来。看上去，今天天气会很晴朗。许久没来乡野了，如果没有母亲这件事，散步乡间应当是一件十分美好的事情。

我站在院中的一棵梧桐树下默默等候。泥土的芬芳扑鼻而来，让我倦意全无。我想到办公室的同

事，此时他们该上班去了吧，而我却仍在此苦苦等
待。我又想了想眼前的事情，可是屋内传出的钟声
让我分神。忙乱了片刻之后，窗内恢复了平静。悬
于当空的太阳又升高了一些，我的双脚被晒得发烫。
跨院而来的看门人告诉我，院长要见我。在院长办
公室，我依照院长的要求将我的名字签在了几张纸
上。身着条纹长裤、黑色礼服的他一边拨电话，一
边询问我："在盖棺之前您是否还想再看看您母亲？
殡仪馆的人早就等着了。"我说不用。于是他便低声命
令电话那边的人："费雅克，和他们说，能盖棺了。"

　　之后，院长告诉我，他也会出席葬礼。我对他
表示感谢。他又开小腿坐在办公桌后，对我说，送
葬的人只有女护士、他和我。按照规矩，养老院的
所有老人都只能守灵，而不能参加葬礼。他说："这
个问题隶属人道主义的范畴。"但这一回，他允许母

亲的挚友多玛·贝雷兹为母亲送葬。说到这里，院
长微微一笑，他告诉我："您知道，他与您母亲形影
相伴，他们有些孩子气的友情是真挚的。院里人常调
侃他们，称她是他的未婚妻。每次听到这玩笑话，贝
雷兹都会微笑，他们都为此感到高兴。默尔索夫人逝
世后，他十分伤心，我觉得他应该被允许送葬。但是，
昨夜他没被允许去守灵，保健医生不赞成他这样做。"

　　我们沉默地对坐了很长时间。院长起身，望向
窗外，片刻，他瞧见了什么，扭头对我说："马朗戈
本地的神甫到了，他到得倒是很早。"他对我说，从
这里到村子的教堂，步行至少要四十五分钟。我们
一起下楼。神甫正带着唱诗班的两个孩子在房前等
待。他弯着腰，在帮助一个孩子调整手中香炉上银色
链条的长度。见到我们，他直起身，用"我的孩子"
来称呼我，和我聊了几句后，我跟在他身后进了屋。

我一眼就看到了已经拧紧了螺丝的棺木，以及站在旁边的四个身着黑衣的人。这时，院长通知我，柩车已等候在路边，神甫的祷告也已开始。从这一刻起，一切都以极迅捷的速度进行着。四个黑衣人将一条毯子盖在棺木上。我、神甫、院长及唱诗班的孩子相继走出。一位我很陌生的老太太站在门口，院长将我介绍给她，"这位是默尔索先生。"老太太是护士代表，叫什么名字，我没听清。她对我点了点头，略显瘦削的长脸上不见丝毫笑容。之后，我们站成一排，跟在抬棺人身后，走出养老院。一辆像是文具盒般的长方形送葬车停在大门口，车身被漆得锃亮。一位个子不高、衣着搞笑、言行有些做作的老人与司仪一起站在车边。我恍然，他就是贝雷兹先生。棺木经过他身边时，他脱下了头上宽檐的圆顶软毡帽。他的裤子很长，相互交织着在鞋面上堆积，小得异常的黑色领带与敞得太大的衬衫领口显得格外不协调。黑色的小斑点布满了他的鼻子，他的嘴唇一直都在颤抖，满头白发又细又软，血红的双耳耷拉着，扭曲的耳廓，怪异的形状，衬着那惨淡的脸庞，让我看得满眼不舒服。在司仪的安排下，我们站好。神甫在前，其后是柩车，柩车旁是身着黑衣的四个人，车后是我和院长，最后是贝雷兹先生与护士代表。

　　阳光遍洒，日头高照，温度急速升高，热量直逼大地。我不明白为什么要耽误这么长的时间。身上的衣服是深色的，这让我感到燥热。本已重新将帽子戴好的矮小老者再次将帽子摘下。院长再一次和我聊起他来，我稍稍侧头看了他一眼。院长告诉我，贝雷兹先生与我母亲时常于黄昏时分在一位女护士的陪同下一起散步，直到村中。我环目四顾，红绿相间的田野中，成排的柏树蜿蜒向山岭，山岭仿佛远在天边，近处，寥寥几座房屋矗立，倒也错落别致，目睹此情此景，我有些明白母亲了。黄昏时分，这样的景致何其令人伤感。但今日，大地在阳光肆无忌惮的烘烤下不停地颤抖，那般冷漠与寡情，实在令人无法忍受。

我们启程了。这个时候，我才察觉贝雷兹是个瘸子。车速渐疾，老头儿被甩开，一个被落下的黑衣人与我并肩而行。我很诧异，太阳上升得这么迅速，我才察觉整片田野早已被鸣虫的聒噪与草叶的簌簌声湮没。因为没有戴帽子，能被汗流满面的我用来扇风的就只剩下手帕了。殡仪馆的那位似乎和我说了句什么，我没听清。这个时候，鸭舌帽的帽檐被他用右手用力向上推了一下，左手拿着的手帕则用来擦拭额头。"怎么样？"我询问他。"晒得很。"

他用手指了指天，回答说。"没错。"我附和。少顷，他问我："里面是令慈？""没错。"我回答。"她上了年纪？"他又问。我说："就这么大年纪。"因为我并不知道她到底多大了。他不再说话。我转过身，看向身后五十米外的贝雷兹。他晃动着手上的帽子，急匆匆地朝前走着。再看院长，他郑重其事地迈着步子，神态肃穆，一丝不苟，额上有汗珠渗出，却没有擦拭。

我感觉众人前行的速度在加快。四周的田野在阳光的炙烤下依旧一片灿然，明亮的天空有些刺眼。有一段时间，我们途经一段刚刚修葺完成的公路，柏油路面因为被炎阳暴晒而鼓胀，油亮的路面每踩一脚都会凹陷并留下一道裂口。车夫坐在车顶上，熟皮的帽子就仿佛从油泥之中鞣制出来的。头顶是蓝天白云，周遭的色调却很单一。皲裂的、黏糊的柏油路面是黑色的，人们颓丧且森寒的衣着是黑色的，柩车的颜色是油亮的黑，身处其中的我，不由自主地感到眩晕。所有的一切，皮革的味道、马粪的味道、燃烧的香烛的味道、油漆的味道、烈日、彻夜未眠的乏累纷至沓来，让我头晕眼花。我再次回头，在蒸腾的热浪中看到了已经被落下很远的贝雷兹，随后，他消失在我的视线中。我四处搜寻，看到他斜斜地从田野间穿过，绕过前方大路的拐角。他对本地十分熟悉，为了追赶我们，他走了捷径。果不其然，在转弯处，我们被他追上了。片刻后，他又被甩开。他再次超近，从田野中横穿，如此这般，反复数次，而我这样前行时，却总感觉血气上涌。

之后，一切都疾速进行着，详细且无悖常规，因此我没有记住什么，只记得：护士代表以一种抑扬顿挫、沉郁颤抖的奇异声音在村口与我交谈，她的语气与她的面孔非常不协调，她说："行动迟缓，会中暑；行动太迅速，会浑身是汗，进教堂的时候会受凉，继而感冒。"她没说错。左右踟蹰，不知所措。另外，那天的人有几个我还有印象。譬如，在村口时，贝雷兹再次赶上了我们，他很激动，也很伤心，满脸都是泪水，可是因为他脸上密布的皱纹，泪水竟无法下落，时而晕开，时而聚集的泪水用一层水光映衬着他那哀痛、变形的脸庞。除此之外，还有开满墓地的红艳艳的天竺葵，有路旁的村民，有教堂，有如散架木偶般晕倒的贝雷兹，有撒在母亲棺木上的红色泥土及白色的、掺杂在泥土中的树棍，有人群，有村庄，有喧嚣，有马达的轰鸣，有等候在咖啡店前的时光，有汇入阿尔及尔闹市的汽车和想到能在床上酣睡十二小时我的愉悦。

2

再次醒来，我明白了在批给我两天假的时候，老板为什么一直板着脸，因为，今天是周六。我真的不记得这些，起床之后才意识到，老板当然早就意识到了，算上周末，我的假期实际上是四天，为此，他肯定不高兴。但是，第一，我没做错什么，依照安排，母亲的葬礼并非今天，而是昨天；第二，无论如何，周六、周日都是属于我的。尽管道理如此，老板的心情我依旧可以理解。

昨天我实在太过疲惫，今天早晨差点爬不起来。洁面的时候我确定了今天的行程——去游泳。搭乘电车到达位于海滨的浴场之后，我一猛子扎进泳道。浴场中有许多青年人。透过水面，我见到了过去的同事，办公室以前的录入员玛丽·卡尔多娜。那时，我很想俘获她的芳心，如今想来，她对我也有些情意，只是我们还没来得及交往，她就辞职离开了。在我的帮助下，玛丽登上了水鼓，搀扶她时，我用自己的手轻轻地触碰了她的乳房。我在水中，始终都在欢笑的她则躺在水鼓上，双眸被青丝遮盖。我爬上水鼓，在她身旁躺下。晴朗的天，我玩笑般地将头枕在了她的腹部，她没反对，我也顺势继续。双眼凝望着碧蓝的天空，金色的光芒缓缓流溢。我能感觉到颈下玛丽腹部的起伏。在水鼓上，我们待了很长时间，似睡似醒，直到太阳渐毒，她跳入水中，我随之而下。我追上她，以手臂环住她的腰肢，与她共游，她始终都在欢笑。上岸晒干水渍后，她笑着说："和你相比，我晒得更黑。"我询问她是否愿意晚上同我一起去看电影，她微笑着说她喜欢费尔南德主演的一部影片。穿好衣服后，她惊诧地看着我的黑色领带，询问我是否仍在孝期。我告诉她我母亲去世了，她希望知道我的母亲什么时候去世的，我说昨天。她踉跄后退，显然受到了惊吓，却也没说什么。我想告诉她我没有做错什么，可终究还是沉默了。我想到我对老板说过同样的话，而这事实上没有任何意义，反正所有人都会做错些什么。

入夜，玛丽就已经完全忘记了这件事。这部影片的确有些好笑的情节，但委实愚不可及。我抚摸着她的乳房，双腿紧靠着她的腿，电影即将落幕的时候，我生涩地亲吻了她。离开电影院之后，我们一起去了我家。

　　玛丽在我起床之前就离开了。她告诉过我，她要到她姨妈家去。今天是周末，想到这个，我就很厌烦，我一直都不喜欢过周末。于是，我侧过身，用心地去寻觅枕间遗留的青丝上那海水的味道，它属于玛丽。十点钟的时候我才起床，之后便躺在床上吸烟，一根接一根，直到中午，我依旧不愿意去塞莱斯特饭店用餐，因为我知道一定会有许多熟人等着询问我各种各样的问题，这让我厌恶。面包早就吃光了，但我实在不想下楼，便看着盘子，刚好还剩了煮鸡蛋，便吃了几个。

　　吃完饭，有些烦躁的我不断在屋中踱步。母亲在世时，这套房子面积适中；如今只剩我一个人，便显得空荡荡的。我必须把餐桌搬进卧室，我用这一个房间就足够了，几张麦秸编织的座椅略有些塌陷，一个因为陈旧镜面已经微微泛黄的橱柜，一个梳妆台，一张铜制的大床，这就是我日常起居的小天地，至于其他地方，我再也不想管了。过了片刻，为了打发时间，我开始看报，并将与克吕逊盐业集团有关的一则广告从旧报纸上剪了下来，贴在了一个陈旧的记事本中，所有令我愉悦的新闻都被我贴在了这里。暂时没什么事情了，我洗过手之后，去了阳台。

我的房间与本区的主街恰好相对，正午时分，阳光晴好，路很脏，寥寥几个行人全都行色匆匆。首先映入眼帘的是出来散步的一家人，两个身着笔挺海军服的小男孩显得有些局促，过长的短裤遮住了他们的膝盖。还有一个穿着黑色漆皮皮鞋，扎着玫瑰红色头花的小女孩。孩子们身后是他们的父母，身着栗色连衣裙、身材高挑的母亲；身形瘦削、个子不高，头戴窄边草帽，拄着文明杖，打着蝴蝶领结，看上去十分眼熟的父亲。看到与夫人相伴的他，我明白了区里人为什么总称赞他俊秀优雅。不久之后，又来了一群系着红色领带，穿着方头皮鞋、收腰上衣的青年，他们来自郊区，头发油亮，上衣的口袋还绣着花。我想他们之所以这么早就启程，一定是要去市里看电影的。他们脚步匆匆，说笑着上了电车。

青年们走后，主街上的行人越发寥寥。我猜那些景色优美、趣味十足的地方现在一定已经变得很热闹了。还留在街上的，除了商铺的主事人，便只有猫了。透过街畔两棵榕树之间的缝隙向上望去，我看到了虽然晴和但算不上明媚的天空。街对面有一家烟铺，铺子的主事人就坐在店门前的人行道上，双臂搭在椅子上，双腿跨坐。方才还异常拥挤的电车上现在几乎见不到人。烟铺旁有一间咖啡馆，面积不大，名为"皮埃罗之家"，一位侍者正在用锯末擦洗空荡荡的大厅的地板。好一派周末风光！

我觉得烟铺主事人那样的坐姿很舒服，便也将自己的椅子倒转了过来。吸了两根烟之后，我回屋拿了一块巧克力，坐在窗边咀嚼。不久之后，天空开始阴云密布，我以为暴风雨即将到来。然而，天却又放晴了。但主街还是因为连续飘过的阴云而变得晦暗。我仰首望天，自己居然待了这么长时间。

电车隆隆的轰鸣在下午五点准时响起，一群又一群去看比赛的人已经从郊区体育场归来，电车中的他们有些在踏板上站立，有些扶着栏杆，运动员们搭乘的是随后的数辆电车，之所以知道他们是运动员，是因为我认识他们提在手中的小箱子。他们

纵情欢唱、呼喊，嚷着自己的队伍会始终不败。和
我打招呼的运动员有好几个，其中一个还对我喊：
"他们败了，被我们打败了！"我用力点点头，高声
回应他："是的！"电车驶过之后，小汽车蜂拥而至。

　　天光渐暗，暮色渐临，屋顶的苍穹变成了淡淡
的红色，趁着假日出去游玩的人们已经陆续回返。
在人群中，我又见到了那位优雅的男士。他的孩子
们正带着泪珠跟在他和他的夫人身后。这时，主街
已被人群充满，他们多是从附近的一家电影院出来
的，其中一些年轻人更是异于寻常、跃跃欲试，我
想方才他们观看的那部影片一定十分惊险。去市里
看电影的人回来得要晚很多。他们言笑晏晏、若有
所思、行止肃穆，或伫立在街边，或在街对面的人
行道上转来转去。附近的女孩子们三五成群、把臂
而行，秀发披散，没有戴帽子，几个男孩子则精心

地打扮了许久，只为与她们来一次擦肩而过。他们
高谈阔论，大声讲着笑话，逗得女孩们欢笑不已，
并回头看他们。其中有几个女孩和我打了招呼，我
们原本便相熟。

　　街上的路灯就在这个时候全部被点亮，点点繁
星也为之黯然。长时间地凝视着灯火辉煌、川流不
息的人行道让我的双眼感到疲倦，眼前发黑。准点
的电车、湿潮的马路在灯光的辉映下闪烁着光芒，
同时被映照的还有油光锃亮的发丝、人的笑颜和银
手镯。不久之后，电车渐疏。在漆黑的夜空下，街
灯掩映着树木。不知不觉间，街上便失去了所有人
的踪影，唯有猫儿不急不缓地在幽静空荡的街道上
漫步，这个时候我才想起我还没吃晚餐。脖子因为
在椅背上长时间倚靠而微微发酸。我下楼去采买了
果酱和面包，稍稍加工之后，便站着吃掉了。寒意

袭来，原本想要在窗前吸根烟的我选择了关窗。转过身来，我看到了桌角的几块面包及酒精灯。我想，这个周末还是如此忙乱，母亲已经入土为安，而我明日又要去上班了，生活一如往昔，不见丝毫改变。

3

今天，面对在办公室里做了许多工作的我，老
板显得很亲切。他问我是否劳累，还询问我母亲的
年龄，我给出了"六十多岁"的答案，只因为不想
说出一个具体却错误的数字。闻言，老板松了一口
气，仿佛有一件大事已经被了结了一样，我不清楚
这是为什么。

桌子上摆着一堆需要我亲自处理的单据。洗过

手之后，我走出办公室，去外面吃午餐。我喜欢在中午时这样清理一番，每天都是这样。黄昏时，我可不愿意这样做，因为在被所有人使用了一天之后，公用毛巾早就湿透了。某一日，我曾就此事提醒过老板，老板却只为此表示遗憾，毕竟这只是一件小事，无足轻重。我下班的时间有点儿晚，与供职于发货部的埃玛尼艾尔一同走出办公室时，已经是十二点半。站在面向大海的办公室门口，我们一起凝望着停泊于海港中的、洒满阳光的船只。这时，伴着内燃机的噼啪声及哗啦啦的链条声，开过来一辆卡车。"一起去瞅瞅?"埃玛尼艾尔提议，我们一起跑过去，被卡车超过后，我们在后面努力追。噪声与扬尘将我淹没，我无法看到任何东西，一直在拼命地跑，像是在比赛，身旁有绞车，有设备，有近处停泊的轮船，有在半空中摇曳的桅杆。首先抓住卡车的是我，我一跃而上，埃玛尼艾尔也在我的帮助下上了车，我们都感到有些窒息。码头的道路高低起伏，卡车走在上面异常颠簸，被阳光与尘土包裹的埃玛尼艾尔纵声欢笑，笑得有些喘不上气。

到达塞莱斯特饭店时，我俩全都汗流浃背。塞莱斯特依旧是老样子，胡须雪白、围着围裙、大腹便便。他问我生活总归还是能继续吧？我给出了肯定答案，还说自己饥肠辘辘。我大快朵颐之后，喝了一杯咖啡就回了家。由于饮酒过量，我便小睡了一会儿，睡醒后想要吸根烟。时间早就来不及了，我一路跑着去搭乘电车，整个下午我都在燥热的办公室里闷声不响地工作。傍晚时分，我下班后漫步在码头边，徒步往家走，这时候，我颇觉幸福与自在。淡蓝的天空令我心情愉悦。即便是这样，我依旧径自回了家，因为我想要亲自动手煮土豆。

楼梯间很晦暗，往上走时，我碰到了沙拉玛诺先生，这位老先生是我的邻居，与我住在同一楼层。他牵着他那条八年来始终形影相伴的西班牙猎犬，它的毛发因为皮肤病的缘故已经脱落得差不多了，褐色的血痂全身都是，皮毛也很硬，我想它患的大概是丹毒。在狭小的房屋中与狗共同生活了这么长时间，沙拉玛诺先生与它越来越相似。他的头发发色泛黄，十分稀疏，面上长了许多硬硬的淡红色的痂块。而那只狗也将腰弯背驼的主人行走的姿势学得惟妙惟肖，下颌前伸，紧紧地绷着脖子。就好像他俩就是同类，且彼此嫌恶。每天上午十一点和下午六点，老先生和他的狗都要下楼去散步，八年的时间也没能让他们的散步路线发生丝毫改变。人们总是能在里昂街上看到沿街而行的狗和老头，老头被狗拖曳着，步履蹒跚，踉踉跄跄，狗因此被打骂，吓得趴在地上，任由主人拖行，这时，就换成老头拽狗了。片刻之后，被早就忘了一切的狗再次拖曳的主人又开始打骂狗，就这样，一人一狗在人行道上驻留，彼此瞪眼，狗是恐惧，人则是怨恨。日复一日，日日都是这样。有些时候，老头在狗想要撒尿的时候偏要拖着它走，不给它时间，狗就渐渐沥沥地尿了一路。偶尔它还会在屋里撒尿，如是自然免不了一顿暴揍。八年来他们的生活一直都这样。塞莱斯特始终认为这"委实是一种不幸"，可事实上，没有人能说清楚。我与沙拉玛诺相遇于楼梯上时，恰好听到他在骂狗："肮脏的东西！坏家伙！"他弯着腰，在狗的项圈上摸索摆弄着什么，我高声询问他，他也没看我，只是怒冲冲地说了句："它总是这个样子！"说完，他就拖着趴在地上的狗走了，而那狗则一直都在哼唧哼唧地叫唤。

　　这时，楼梯间又进来一个人，也是住在同一层的邻居，周围的人都说，他依靠女性为生。当被问及职业时，他的回答始终是"仓库管理员"。通常，大家都很讨厌他，但他却时常主动找我聊天，时而去我屋里坐坐，我一直都默默地听他诉说。在我看来，他说的事情都很有意思，再说我也没有拒绝和他交谈的理由。他的肩膀很宽，鼻子内塌，矮个子，瘦瘦小小，名为雷蒙·桑泰斯。他的衣着一向都很考究。谈及沙拉玛诺，他说："真是太不幸了！"他问我那对难兄难弟是否让我感到厌恶，我说没有。

　　上楼后，我们相互告别。他问我："要不要一起喝一杯？我屋里有酒，还有香肠。"我同意了，因为不想回家自己下厨。他的房子也是一室一厅，厨房没有窗户。一个粉白相间，如大理石雕般的天使塑像被摆放在床头，墙壁上还贴着三两张裸女的图片和部分体育冠军的照片。卧室里和床上一样凌乱。将煤油灯点燃之后，他掏出一卷非常脏的纱布包扎起右手来。我问他怎么了，他说有一个家伙找他碴儿，两人刚刚干了一架。

"默尔索先生，您很清楚，我不是一个不讲道理的人，可我脾气火暴，"他说，"那家伙挑衅般冲我嚷嚷：'小子，你敢从电车上下来算你有种。'我说：'别找事，赶紧滚。'他就骂我没种，我就从电车上下来，对他说：'要是不想让我帮你长长见识，就适可而止吧。'他却冲我嚷嚷：'你敢做什么？'我就揍了他一顿。他倒在地上，我想去扶他，这家伙却踢我，我就又扇了他两巴掌，踹了他一下。他的脸上全都是血，我问他闹够了吗？他说够了。"事情讲完，雷蒙的伤口也已包扎好。我在床边坐下。他接着说："您看，是他冒犯我，我可没去招惹他。"我得承认，这的确是事实。于是，他告诉我，他希望我能就此事给他提供一些意见，在他看来我是个男子汉，且阅历丰富，可以给他一些帮助，以后，我们也能成为挚友。我没说什么，他问我是否愿意与他做朋友。我说做与不做都一样。闻言，他很开心。他在炉子上将香肠加工了一番，又将酒杯、餐盘、刀叉和两瓶酒摆好。之后，他沉默了。我们坐在一起，边吃边聊，他向我述说了他的事情。起初，他还有些不好意思。"我与一位夫人相识……我的意思是，我把她当情人。"挨了他一顿揍的那位正是这位夫人的兄弟。他告诉我，他一直养活着这个女人。我沉默。他继续说，这一带与他相关的谣言他一直都知道，但扪心自问，他无所愧疚，且他的确是一名仓库管理员。

"谈到她和我的关系，我已经察觉到了，她一直都对我撒谎。"他讲述了整件事，她的房租是他交的，他为她提供日常花销，每天，她还能从他这里得到 20 法郎的餐费。"房租 300 法郎，餐费 600 法郎，不时还要馈赠她一双袜子，累加在一起就有上千法郎。她没有工作，一直待在家里，却理直气壮，还指责我给的钱不够她生活。我时常问她：'你为什么不出去找工作？只干半天的那种。这样一来，我就无须为你的日常花费操心。这个月，你每天都能从我这里得到 20 法郎，我还送了你一套衣服，给你付了房租，而你每天下午都在用我的咖啡和糖招待你的姐妹。我养着你，对你也很好，你却恩将仇报。'哪怕被我这样指责，她依旧不愿意去工作，还总是抱怨钱不够，所以，我觉得这其中一定有鬼祟。"

之后，我听他说，有一天，他翻开她的提袋，在里面找到了一张彩票。她没法说清楚她购买它的经过。不久后，她的当票也被他发现了，她当了两个手镯给当铺，而他始终都对她的镯子一无所知。"这样，她对我不忠的事实便一目了然了，于是，在揍了她一顿后，我揭穿了她的伎俩，离开了她。默尔索先生，我说，她和我在一起就是为了消遣，我告诉她：'你就是身在福中不知福，你从我这里得到的福分不知道被多少人羡慕呢。'"

过去，他从未伤害过她，这次却将她打得见了血。"以前我们也时常动手，但每次我都不过是轻轻碰她一下，她一叫喊，我就停下，并关好窗户，次次如此。但这回，我动真格的了，说实话，我始终都觉得教训她教训轻了。"

他解释说，他想听听其他人怎么看待这件事。说到这里，他停了下来，调整了一下已经燃尽的灯芯。我始终都在倾听，不知不觉间被我喝掉的酒也将近一公升了，以致我的太阳穴开始发热。我的烟抽没了，便一根接一根地抽雷蒙的。末班电车早已驶过，扰攘的噪声也被带离了郊区，我听得不太清晰。雷蒙的述说仍在继续，他感到很烦恼，因为他对那个他仍想教训的情人的感情还没有消失。刚开始的时候，他想炮制一桩与她相关的丑闻，想在与风化警察串通好之后带她去旅馆，让她在警局留下案底。之后，他又和几个小流氓商量，但一无所获。可是，就像雷蒙对我说的那样，与帮派中的流氓交好也是有益的，听了他的述说之后，他们给出了留点儿记号在那女人脸上的建议。不过，他需要考虑一下，他没那么阴损。之前，他是想要从我这里得到一些建议，现在，在询问建议之前，他想知道我怎么看待这件事。我说我毫无看法，只是觉得这是一件有趣的事情。他问我是否也认为那女人在对他撒谎。我说她的确对你撒谎了。他又认为我是否也认为应当给那女人一些教训，若我是当事人，我会如何处理。我说我不可能知道，永远都不可能，但我能理解他想要教训她的想法。说到这里，我又喝了一口酒。他抽着烟，和我说他的计划。他想写一封信去羞辱她，还要说一些能让她痛悔交加的话。收到信后，若她能重新回到他这里，他就和她上床，"事儿要完的时候"，再唾她一脸，将她赶走。我回答，若他真的用这样的方法，那个女人肯定会被狠狠地教训一顿。可是他说他没把握是否能把这封信写好，所以想请我帮他写。我没说话。见状，他问我是否觉得厌烦，我说没有。

在起身之前，他喝光了杯中酒，之后，他移开酒杯、盘子及部分已经变冷的香肠，认认真真地将

桌上的漆布擦拭干净，拿出了放在床头柜抽屉中的
黄色信封、红木蘸水笔、一张打着方格的信纸及一
瓶紫色墨水。从他那里，我知道了她的名字，看名
字，那女子应当是摩尔人。信写好了，尽管有些随
意，但在可能的情况下，我还是尽量满足了雷蒙的
要求，因为我没有任何不让他满意的理由。我大声
把信念给他听，他抽着烟，一边听一边点头，然后
请我再把信读一遍。彻底满意之后，他对我说："你
见识广博，我老早之前就知道了。"起初我并没注意
到他在同我交谈时用的是"你"这样的昵称，直到
他说："如今，我们是真朋友了。"我受宠若惊。在
他第二次这么说的时候，我回答："没错。"于我而
言，雷蒙是不是我的朋友都无所谓，而他倒的确想
要和我结交。酒后，他将信封好，一声不吭地抽着
烟。寂静的街道上，有汽车驶过，我说时间不早了，

雷蒙也这么说，他感觉时间飞逝，从一定程度上来说，这是事实。我实在是困倦了，但却无力起身。我看上去一定相当疲乏，所以雷蒙才劝我不要灰心、不要颓丧。刚开始的时候，我不明白他在说什么。他就解释说，我母亲逝世的消息他听说了，但在他看来这件事或早或晚都会发生。我回答，我也这么认为。

我起身时，雷蒙用力将我的手握住，告诉我男人能看懂男人的心思，也明白彼此的感受。离开他家时，我带上了房门，并在楼梯口站了片刻，一股很难被察觉的湿气蒸腾而上，整栋楼都静默无声。耳畔唯有血液嗡嗡的流动声划过，我一动不动地站在那儿。沙拉玛诺的猎犬在老头的房间中低吟，声音沉厚。

4

　　整整一周，我都在卖力工作。雷蒙来找过我，从他那里，我知道那封信已经寄出去了。埃玛尼艾尔与我一起看过两场电影，只是很多时候他都不清楚电影演的是什么，我不得不给他讲解。周六，也就是昨天，我和玛丽约好了见面，她来了。她来的时候，穿着一件条纹连衣裙，红色的，很漂亮。阳光洒在她棕色的肌肤上，衬着饱满丰挺的乳房及脚下的皮凉鞋，就像是一朵花，勾起了我强烈的欲望。

我们乘坐公共汽车来到海边，这片被峭壁环围的海滩距离阿尔及尔并不远，只有几公里，岸边长满了芦苇。海水很温暖，已经接近下午四点，阳光也已散去了灼热，水光连着天光，涟漪微微荡漾。玛丽教会了我一种游泳时的新玩法：迎着浪涛将一口水含在口中，随后转身，将水向上喷。花带一样的水花如泡影般转瞬即逝，又如温醇湿润的雨水一样洒满我的脸颊，但玩了不过片刻，又苦又涩的海水就将我的口腔灼伤了。玛丽游回我身侧，依偎在我身边，嘴对嘴，将我唇边的湿咸舔去。在水中我们扑腾翻搅，持续了很长时间。

我们上岸，穿好衣服，玛丽注视我的眼神已经相当灼热。我们拥吻在一起。那之后，我俩相对沉默。我紧紧搂住她，迫不及待地坐上公交，迫不及

待地回家，迫不及待地上床。窗户大敞着，夜风吹
拂着我俩棕色的肌肤，那美妙的感觉，难以言喻。

　　起床后，玛丽并未离开，我说过要与她一起吃
午饭。我下了楼，提着买来的肉上楼时，听到一阵
女声从雷蒙屋里传出。少顷，沙拉玛诺的猎犬再次
被主人责骂，爪子落下的声音与皮鞋踩在木质楼梯
上的声音伴随着"肮脏的家伙！坏家伙"的骂声一
同响起，老头和他的狗又上街散步去了。我把老头
的故事讲给玛丽听，听完，她笑个不停。她身上的
睡衣原是我的，两边的袖子都被高高地挽了起来。
看着她的笑颜，我欲念横生。片刻后，她问我是否
爱她。我告诉她，这样的问题没有任何意义，我对
她的感觉也不是爱。闻言，她很伤心。但一起做饭
时，她又莫名地笑了，笑得我对她又亲又抱。这时，
一阵争吵声从雷蒙屋里传来。

首先响起的是一声尖锐的喊叫，一个女人在喊，随后是雷蒙的咆哮："你竟然有胆子和我作对，你竟然有胆子和我作对，我得教教你如何和我作对！"伴随着咆哮的是女人凄厉的号叫及重重的抽打声，不过片刻，楼梯口就已人满为患。我与玛丽也走了出来，彼时，雷蒙的抽打与女人的号叫仍在继续。玛丽说这太恐怖了，我没说话。她让我把警察喊过来，我回答说我讨厌警察，但租住在三楼的一个铁匠还是找来了警察。门被敲响，屋内却没反应。警察又用力地敲，良久之后，伴随着女人的啜泣声，叼着烟的雷蒙一脸笑容地开了门。女人立即跑出屋，告诉警察，她被雷蒙殴打了。警察询问她的姓名，雷蒙替她说了。警察喝令他在说话的时候别抽烟。他没有马上照办，而是瞅瞅我，又吸了一口。那警察却瞬间冲过去给了他一记耳光，耳光打得很重，雷蒙叼在嘴里的烟远远地掉出了好几米。雷蒙顿时色变，却没发作，而是低声下气地询问那警察，他能否将烟捡回来。警察同意了，并强调："下回长点儿记性，戏耍警察的事可不是你能做的。"那女人始终都在哭泣，还连声说："他是个男性鸨母，我被他打了，我被他打了。"于是，雷蒙询问："从法律的角度来说，指控一位男性是鸨母合适吗，警察先生？"警察喝令他闭嘴。雷蒙便看向那女子："小娘们，你给我等着，咱们以后还会再见的。"警察再次让他闭嘴，并且告诫他不要出门，警局会随时传讯他，并打发那女人回家。他还说雷蒙应该为自己醉酒后浑身颤抖的模样感到羞愧。闻言，雷蒙争辩："先生，我可没醉，我止不住地颤抖是因为面对您，是因为您在这儿。"房门被雷蒙关上了，看热闹的人也各自散去。我和玛丽一起下厨，午餐做好后，她却说她不饿，于是所有的吃食基本上全都进了我的肚子。一点钟的时候，玛丽离开了，我又补了一会儿觉。

　　快三点的时候，我的房门被敲响，敲门的是雷蒙。我在床上躺着没动弹，他则一声不吭地坐在床边。我就问他这件事怎么会闹到如此程度。他说他一直都在按计划行事，他的愿望也实现了，可是作为回敬，她给了他一巴掌，于是，她又被他揍了。之后的情景，我都已经目睹了。我和他讲，在我看来，那女人的确已经得到了教训，你没有理由再心生不满。雷蒙对此表示认同，他还说就算是警察插手也没用，反正那女人已经被揍了。雷蒙还说，他知道要如何应对那些警察，他太了解他们了。他问我，我那个时候是不是一直等着他也给那警察一巴掌。我说我那时候没什么期待，但我一直都很讨厌警察。闻言，雷蒙似乎非常满足，邀请我和他一起去外面逛逛。我从床上起来，把头梳好。他告诉我，他需要我这个证人，我说随便，可我不清楚他要我做什么证。他说，只需要我证明那个女人曾经冲撞了他就好。我同意为他作证。

出门之后，我和雷蒙先去喝了一杯白兰地，跟着去打台球，我们险胜。之后他提议到妓院去，我拒绝了，因为我很讨厌那里。于是，我们一起往回走。他说他非常开心，因为他的情人被他教训了。他待我很不错，热情周到，和他在一起，我也感觉很开心。

远远地，我就瞧见了大门口一脸焦急地站立着的沙拉玛诺。到了近处，我才看清，老头的身边没有狗。他来回地打着转，四处张望，时不时地瞅瞅黑魆魆的走廊，他似乎嘟囔着什么，但语意含糊，听不清。他的眼中布满了血丝，目光认认真真地在街道上搜寻着。雷蒙问他发生了什么事，他没有回答。我隐隐约约地听到他低声咒骂了一句"肮脏的家伙，坏家伙"，脸上仍写满焦急。我问他你的狗呢？他语气不善地回应，它跑了，之后，他却喋喋不休地开始叙述："我和往常一样，和它到练兵场去了，商贩们早就搭好了棚子，里面挤满了人。我要看《消遣之王》，就停留了一会儿。等我转身，狗就没了。事实上，我很早之前就想将它的颈圈换掉，换一个稍微小一些的，不承想那肮脏的家伙居然就这样跑了。"

雷蒙劝慰他，狗大概是迷路了，过不了多久它就会自己回家，他给老头列举了不少例子，说就算远隔十多公里，狗也能找到回家的路。闻言，沙拉玛诺变得越发焦虑了。"但是您清楚，它会被他们抓走的，若是它被人收养了还好，可那怎么可能，它身上长满了疮疤，谁见了都不会喜欢，我敢肯定，它一定会被警察抓走。"我告诉他，若是如此，它可以去失物招领处，支付一些钱财就能把它领回家。他问我要花多少钱，我说我不清楚。他闻言大怒："还得为这个肮脏的家伙花钱，哦，让它死了算了！"之后，他又开始咒骂他的狗。雷蒙笑个不停，我们一起上了楼，在楼梯口告别。少顷，脚步声响起，沙拉玛诺上楼了，他敲开了我的房门，站在门前，连声向我道歉。我邀请他进来坐坐，他却紧盯着自己的鞋尖，不愿进来，我看到他那双满是疮疤的手一直都在哆嗦。他没用眼瞧我，只是问："您说它会不会被他们抓走，默尔索先生，它会被他们送回来吧，是不是，若不然，我可怎么活？"我告诉他，狗被送到招领处后，前三天会被留下，等着主人认领，三天之后才会随意安排。他沉默地看着我，之后对我说晚安。他把自己关在房间里，来回踱步。他的床嘎吱作响，一阵细碎、怪异的声音从墙对面传来，那是他在哭泣。我莫名地想到了母亲，可第二天我得早起。我没有食欲，因此，连晚餐都没吃就上床睡觉了。

5

　　在办公室，我接到了雷蒙的电话，他说他的一
个朋友听说过我的名字，周末时想邀请我去海滨木
屋度假，那处海滨就在阿尔及尔附近。我说我很乐
意应邀，可那天我已经约了女友。雷蒙立马表示我
的女友也会被邀请，因为在一群男人中出现一位女
性伙伴，一定会让那位朋友的太太很开心。

　　老板很讨厌自己的员工接到来自城里的电话，

我原本打算马上就将电话挂掉，可雷蒙让我稍等，他解释说，他要去处理其他一些事情，所以他得提前代朋友向我发出邀请，无法等到晚上。今天，他被人跟踪了，那是一群阿拉伯人，其中一个就是他以前那个情人的兄弟。"今天晚上你回家的时候，如果在小区附近发现这些人，千万要通知我。"我说没问题。

没过多久，我就被老板叫去了，这让我很烦躁，在我看来他肯定又要骂我，让我多做工作，少打电话。但事实并不是这样，他说他有一个计划想要和我谈谈，这计划还不太清晰，他想知道我对此有什么看法。他想和那些大型集团直接做生意，所以要在巴黎设立一个办事处，用以开拓市场，他问我愿不愿意去那里工作。有了这份工作，我就能定居巴黎，还能年年带薪度假。"我想你会爱上这样的生活的，你正当年。"我说是这样，可对我而言，这些有没有都无所谓。于是，他问我是不是不想改变固有的生活方式，我说生活永远都不可能改变，所有的生活都相差无几，我并不讨厌在阿尔及尔的生活。老板顿时意兴索然，他说我没有雄心，也常常答非所问，从做生意的角度来说，这实在是很糟糕。等他说完，我便回去继续工作。原本我也不想破坏他的兴致，可我确实不知道我为什么要改变生活。细细想来，我还算不得倒霉。上大学时，类似的雄心壮志我也有不少，但毕业之后，我明白了，一切全都无关紧要。

晚上，我在家里看到了玛丽，她问我想不想娶她。我说无所谓，如果她想，我就娶她。她又问我爱她吗，我的答案与上次相同，我说问这些没有任何意义，但我很确定，她不是我所爱的人。"那你又为什么要跟我结婚?"她又问。我说那没什么要紧的,她希望我娶她,我就娶她。再说想要结婚的是她,我要做的只是点头而已。在她看来,结婚是一件很重大的事情,我却不这么认为。她凝视着我,沉默了好一会儿,才说她只是想弄明白,若是向我提出结婚要求的是另一个女子,而且那女子和我的关系就像我与她一样,我是否会同意,我说会。于是,她开始揣度我是否是她爱的那个人,我却不知道这些。沉默良久之后,她低声嘀咕,正因为我是个怪异的人,她才喜欢我,也许未来的某一天,她会因我的怪异而厌烦我。我没说话,也没什么想要补充的。见状,她笑了笑,挽着我的胳膊对我说,她愿意嫁给我。我说何时结婚我听你的。之后,我和她说了老板的提议,她说她很乐意到巴黎去看看。我说我在巴黎生活过一段日子,她问我巴黎如何。

我说："院子黑黢黢的，鸽子有很多，人是白种人。那里十分肮脏。"

之后，我们去城里逛了逛，几条主街都走遍了。街上的女孩都十分美丽，我问玛丽有没有关注，她说有，还表示通过这事又多了解了我一些。接下来的一段时间，我们相对无言。可是我依旧希望身边能有她相伴，我提议去塞莱斯特吃饭，她说她也希望能与我共进晚餐，但她还有事情要处理。于是，我们在我家附近相互道别，她凝视着我，问："你对我要处理的事就不好奇？"我说我希望能知晓，但却不愿意主动询问她。因为这个，她有些怨怪我。我很尴尬，见状她欢快地笑了，身姿前倾，吻了我。

晚餐我还是去塞莱斯特那里吃的。用餐途中，一个身材矮小、颇有些怪异的女性走进饭店，问我是否允许她在我旁边坐下。我说没问题。她双目炯

炯有神，行动笨拙且急促，如圆苹果一样的脸颊很
是精致小巧。坐下之前，她脱掉了自己的夹克，匆
匆看了一眼菜谱，就把塞莱斯特喊过来，利落地点
了菜。主菜之前有些小吃，小吃上桌之前，她从手
提包里掏出纸笔算好了餐费和小费，并将需要支付
的钱全都拿了出来。小吃上来后，她狼吞虎咽，很
快就吃光了。之后，她又拿出一根蓝色的铅笔和一
份杂志，在下一道菜上桌之前，认认真真地在本周
广播节目杂志的每一个节目上都做了标记。用餐的
间隙，她一直都很仔细地在那份有十几页的杂志上
圈圈点点，我已经吃完了晚餐，但仍坐在那里看她
勾画。没过多久，她也吃完了，她站起身，麻利地
穿上自己的夹克离开了。我没有什么事情要做，就
跟着她出了饭店，并尾随了她很长时间，走在人行
道边缘上的她步伐十分稳健，快步向前，不曾回头。

最后，她消失在我的视线中，我也开始返程。那个时候，她在我眼中就是一个怪异的人，不过没过多长时间，我就把这个想法忘掉了。

在门口，我又见到了沙拉玛诺先生，我邀请他进屋做客，他对我说，他的狗没在招领处，它真的不见了。招领处的管理员和他说，也许那狗已经死了，被车碾了。他想知道警局的人能不能将事情弄明白，管理员说，这样的小事在警局是不会留档的，这事太寻常，每天都会发生。我劝他，你可以再养一只狗，这不困难，但沙拉玛诺却说，和那狗在一起已经成了他的习惯，我觉得他说得很有道理。

桌子旁有把椅子，他就坐在那儿，我则在床上蹲着。头戴一顶破旧毡帽的他就坐在我对面，双手平放在膝盖上，略微有些发黄的胡须随着他咕哝哝地说话而颤动，他的话很零散，无法连成句子，我感到厌烦。但是，这个时候，我还不想睡觉，也没什么能做的事情，便没话找话地和他聊着，并聊到了他的那只狗。他说，他是晚婚，太太过世后，他就养了它。他从过军，是军中歌舞团的演员，年轻的时候想在戏剧领域做一番事业，但最后却供职于铁道部。但他并未因此悔恨，因为他得到了一笔可观的退休金。他和他太太婚后过得并不快乐，但也习惯了对方。太太过世后，他觉得十分孤单，就从同事那里要了一只狗，那个时候，它还是只需要他用奶瓶来喂食的小狗。因为人的寿命比狗要长很多，所以他老的时候，它也老了。"它脾气不好，我们常常争吵，但它的确是条很好的狗。"沙拉玛诺说。我说我知道，它的品种很好，老头儿闻言很开心，"患病之前，它的皮毛非常美丽，真可惜，您之前没有和它见过面"。那狗患上皮肤病之后，老头每天都会给它抹药，早晚各一次。可他认为，它的确是病了，可这病却是无法治愈的衰老。

沙拉玛诺提出告辞的时候，我忍不住打了个哈欠。我告诉他我希望他能留下，并为他那条狗感到遗憾。他对我道谢。他还说"您可怜的妈妈"非常喜欢那狗，想来，他一定认为失去母亲后我会非常伤心。说到这里，我一言不发。这个时候，他有些尴尬，又有些急切地告诉我，他晓得别人因为我把母亲送进了养老院而对我颇有微词，但他知道我是怎样的人，知道母亲与我之间那深厚的感情。我说我不知道有关于我的流言。我没有足够的金钱，无法请人来照料母亲，自然要将母亲送去养老院（我也不知道那个时候自己为什么会这么说）。我进一步解释，"我们之间没什么话题，很早之前就这样，独自一人在家，她会很闷，去了养老院，还能寻些朋友"。这是真话，沙拉玛诺也这么认为，之后，他走了，他想休息了。现今，变化骤然降临他的生活，他委实不知所措。他畏畏缩缩地将手伸向我，自从与他相识，我还是第一次见他这么做，握手时，我能清晰地感受到他掌中遍布的疮痂。临出门前，他笑了笑，对我说："今夜希望外面的狗不要吠叫，不然我会认为那叫声是我的狗发出的。"

6

周末那天，我睡得很沉，不愿醒来，玛丽不得不摇晃着我，让我起床。因为迫不及待地想要去游泳，我和玛丽都没吃早饭。空腹让我有些眩晕，烟草也带了一股苦涩的味道。玛丽调侃我，说我"满面愁容"。她留着披肩发，身着白色连衣裙，非常美丽。我赞美她，她笑得很开心。

下楼之前，我敲门叫了雷蒙。他说他也准备下楼。走在街上，我觉得有些累。街上的阳光灿烂而热烈，强光照在脸上，让在室内一直不开百叶窗的我觉得自己像是被人扇了一巴掌。玛丽很兴奋，蹦来跳去，连声赞叹天气的晴好。我稍微好受了一些，这才察觉自己是饿了。我告诉了玛丽我的想法，她将自己的提包打开给我看，我只看到了一条浴巾及她与我的泳装。我们得等雷蒙过来，我听到了锁门声，还听到了下楼的脚步声。他穿着短袖的白色 T 恤，蓝裤子，头顶的草帽是扁平的，边缘也很窄，这让玛丽忍俊不禁。他外露的臂膀十分洁白，臂上的汗毛又黑又浓，这让我稍微有些不适。看上去，他的心情很不错，一边走一边吹口哨。他和我打招呼："老兄，你好。"玛丽则被他尊称为"女士"。

周六的时候，雷蒙和我一同去了警局，我为他作证，证明他的确被那个女人冲撞了。警察并未核

实我的证言，对他也不过警告了一番。我们在门口
聊了会儿昨天的事情，之后我们决定去搭车。海滩
距离这里很近，坐车去更迅速。在雷蒙看来，见到
提早到来的我们，他的朋友一定会很开心。正要出
发的时候，雷蒙骤然停下，比画了个手势，让我看
对面。街对面是烟铺，烟铺的橱窗前站着一帮阿拉
伯人，他们用惯有的冷漠眼神盯着我们，就仿佛我
们只是枯木或石头。通过雷蒙，我知道了左边的第
二个人就是他曾经和我提到过的那家伙。彼时的雷
蒙看上去有些心事重重，很是忧虑，可之后他却说，
过去的事已经过去了，事情结束了。玛丽不知道我
们的意思，就问发生了什么。我对她说，这群阿拉
伯人对雷蒙十分憎恶。她希望我们立刻就走。雷蒙
笑了笑，挺直了身躯，说我们的确得快点儿走。

　　我们离车站并不近，我们一起朝那儿走。雷蒙

对我说，他们没跟过来。我回头一看，他们的确还站在原地，还冷漠地看着刚才我们站立的地方。坐上公交后，雷蒙顿时松了一口气，和玛丽有说有笑起来。我看得出，他喜欢玛丽，但玛丽对他却不理不睬，偶尔，她也会看着他发笑。

在阿尔及尔郊区的车站，我们下了车。海滩和车站离得很近，可我们要过去，却不得不途经一块狭小的临海高地，再顺着坡道往下走，坡下就是海滩。天空蓝得炫目，洁白的阿福花在高地泛黄的石头间盛放。玛丽的提包是漆布制作的，她拎着它，不断地在半空画着圆圈，乐此不疲。我们从一栋栋有着绿色或者白色栅栏的小别墅前走过，部分别墅隐没在垂柳丛中，连阳台都不曾外露，部分则于秃秃的乱石之上矗立，及至高地边缘，平静无澜的大海便已在望，更远处，清亮亮的海水映着岬角，好像是在熟睡，又好像清醒着。耳畔有轻轻的马达声响起，空气中的静默被划破，令人目眩的海面上，一艘渔船缓缓地驶来，远远望去，这拖着渔网的小船似乎一直都不曾移动。坡上有鸢尾花盛放，玛丽摘了几朵，我们沿坡而下，到达海滨，那时候，下海游泳的人已经有好几个。

　　海滩尽头矗立着一栋木质的小屋，雷蒙的朋友就住在小屋里。屋子的立桩已被海水浸没，屋后则是悬崖。在雷蒙的引荐下，我们认识了他那身材高大、膀大腰圆的朋友马松，和马松那个头儿不高、身型肥胖、态度和蔼、一口巴黎腔的太太。马松说他已经把今晨新捕捞的鱼都用油炸好了，让我们无须客气。我盛赞他的木屋漂亮，他说他在这里度过了包括周六日在内的所有假期，还说："我和我太太相处得很融洽。"事实也是如此，此刻，马松太太与玛丽已经有说有笑了，而我，平生第一次有了要娶妻的想法。

马松很乐意去游泳，他太太却不愿意去，雷蒙也不愿意，我们三个结伴朝海滩走去，到了之后，玛丽立马就下水了。我与马松略迟了一些。他言语温暾，不管说什么，都要以"我还想说"为前缀，事实上他的补充毫无新意。说起玛丽，我听到他说："她非常棒，我还想说，她真可爱。"之后，我再也没有留意过他的口头禅，专心致志地晒起了太阳，感觉很好。沙子烫脚的时候，我急迫地想要下水，却不得不将就他，直到他说"咱俩下去吧"，我便一猛子扎进了海中。他也走到了水中，步伐很慢，实在站不稳时才扎进水里。他的蛙泳糟糕透了，我不得不抛下他，先去追赶我的玛丽。在清凉的海水中游泳非常舒适，玛丽和我游了很远，我们心有灵犀，动作合拍，一起享受着共同的欢畅。

及至海面宽阔处，我们面朝天空，开始仰泳，细细的水波如拂面的轻纱，有海水浸入嘴角，阳光又将这面纱层层掀开。遥望海岸，已经游回岸边享受阳光浴的马松身形相当庞大。在玛丽身后的我环住了她的腰肢，她用双臂使劲滑水，我用双腿打水，我们抱在一起往前游，脚掌拍击水面的声音在耳边不断响起，直至我感到疲乏。我不再抱着玛丽，我们用正常的姿势一起往回游，呼吸都因此变得顺畅了很多。上岸后，我在马松身边趴下，将整张脸都埋进了沙堆。我和他讲："太舒服了。"他很认同。没过多久，玛丽也游了回来。我转过身，看着一身海水的她慢慢走近，长长的头发在脑后不断甩动。她躺在我身边，我们紧紧依偎，感受着她的体温和温醇的阳光，我昏昏然睡着了。

我是被玛丽推醒的，她告诉我，午餐时间到了，

马松早就回去了。我马上起身，因为我也饿了，可
玛丽对我说，今天我俩还没接吻，她没说谎，我也
一直很想和她拥吻。"去水中。"玛丽说。我们一起
跑进水里，迎着细细的海浪畅游。我们以蛙泳的姿
势游了一会儿，她贴到了我身上，我的腿挨着她的
腿，此时此刻，我心中充满了占有她的渴望。

马松呼唤我们的时候，我们回到了木屋。我告
诉他，我饿极了。他马上就对他太太说，他最喜欢
像我这样毫不客气的人。松软的面包与属于我的鱼
都被我狼吞虎咽地吃掉了，之后被端上来的是炸土
豆和肉。吃饭的时候，谁都没说话。马松给我倒了
许多酒，他自己也不断地饮酒。喝咖啡时，我就有
些昏沉，所以吸了不少烟。马松、我及雷蒙正计划
着八月份的时候再来一次费用均摊的海滨旅行，就
听到玛丽询问："你们清楚现在是什么时候吗？刚刚

十一点半而已。"我们备感惊奇，马松说我们提早吃了午餐，但饿了就去吃饭，这是理所当然的。我不清楚玛丽闻言为什么会笑，现在想想，她当时大概是醉了。彼时，马松邀请我和他同去海滨散步。"我太太有睡午觉的习惯，我不太喜欢午饭后睡觉，我更愿意去运动，这有益于健康，我经常这么告诉她，但她有选择睡午觉的权利。"个子不高、一口巴黎腔的马松太太以要刷盘子为理由赶走了所有男性，玛丽留下来和她一起，我们三个则出门去了。

阳光直射海滩，海面的反光炫人眼目。海滩上不见任何人。矗立在高地边，以俯瞰的角度面朝大海的一栋栋木屋中不时有刀叉碗盘的声音响起。地表的岩石蒸腾着令人窒息的热气。起初，我对雷蒙与马松谈到的一些人或事一无所知，由是，我才知道他们已经认识了很长时间，并且曾同居过一段日子。我们走到海边，沿着海岸漫步。层层叠叠的海浪不时翻卷，打湿了我们脚上的帆布鞋。我没戴帽子，被晒得晕晕乎乎，很想睡觉，脑中没有任何想法。

雷蒙与马松的谈话内容我没听太清，彼时，我正望着海滩的尽头，我看到有两个阿拉伯人正走向我们，他们穿着锅炉工才穿的制服，制服是蓝色的。我瞅了瞅雷蒙，"是他没错。"雷蒙说。我们继续前行，马松很疑惑他们是如何跟到这里来的。我想也许是因为他们看到我们拿着装泳衣的手提包上了公交，但我没作声。

两个阿拉伯人走得很慢，我们与他们之间的距离不断拉近，我们依旧镇静，雷蒙说："若是发生冲突，我的对头我对付，第二个人交给马松，要是还有人，默尔索，就靠你了。"我说没问题。马松双手插兜没说话。脚下的沙子仿佛已经被炙烤成红色了。

我们一起朝着那两个阿拉伯人走去，步调统一。距离仍在拉近，直到阿拉伯人在距我们几步远的地方停下。我与马松缓步而行，雷蒙则直接朝他的对头冲了过去。他和那个人说了什么我听不清楚，只是那个人明显不太乐意，雷蒙便先下手为强，一拳揍了过去，还大喊着让马松动手。马松迎向了他的对手，两记重拳便把对方头朝下砸进了海水中，头侧的海水中有部分气泡冒出，但数秒之后便消失了，那人也再没有任何动静。这时，雷蒙的对手已经被他揍得血流满面。他侧过头，冲我喊："你看着他，看他掏出来的是什么。"我高喊："小心，那是刀！"彼时，猝不及防的雷蒙已经被划伤了手臂和嘴。

马松一跃向前，他的对手已经起身，快速躲到了持刀者身后。我们谁都不敢妄动。两个阿拉伯人手里拿着刀，一边死死盯住我们，一边缓缓向后退，退出很远之后，他们扭头便慌忙逃窜，阳光漫洒，我们一动不动，雷蒙的手臂不断地流着血，他用手按住了伤口。

见状，马松表示，有一位医生恰好来此度假，现在就住在高地上。雷蒙希望马上能见到医生，但他刚一张嘴，嘴上的伤口便流了血。马松和我将他扶回木屋，然后马松带着他一起去寻找医生，雷蒙说自己没什么行动不便的，受伤的不过是皮肉。我留在小屋，向两位女士复述了斗殴的过程。马松太太因为恐惧开始哭泣，玛丽的脸也变得格外苍白。向她们讲述让我觉得十分厌烦，说着说着，我就沉默了，眺望着大海，吸起了烟。

快一点半的时候，马松陪着手臂上绑了绷带、唇边贴着膏药的雷蒙回来了。尽管医生说都是小伤，但雷蒙却依旧阴沉着脸。马松想要逗他开怀，他依旧一句话也不说。之后他说要到海边去，我问他去哪处海边，他说不过是想去透透气。我和马松想同他一起去，这惹火了他，我们被他臭骂了一顿。马松不愿意再惹他动怒。尽管如此，他出去的时候，我还是跟了过去。

我们沿着海滩走了很长时间。炙热的阳光照射着海面，海水与沙砾全都闪耀着金色的光芒。我大概能猜到雷蒙要去哪儿，可我想我铁定感觉错了。海滩的尽头有一眼泉水，远远地就能看到挡在泉水前方的巨型岩石。在那里，我们与那两个身着蓝色工装的阿拉伯人再次相遇。他们躺在沙滩上，衣服上满是油污，平静的脸庞上隐隐透着兴奋。看到我们，他们大惊。刺伤雷蒙的那个人只是死死盯着他，一句话也没说。另一个人用眼角瞄着我的家伙则不停地吹着只能发出三个音节的芦苇管，一遍又一遍。

此时，与淙淙泉水相伴的唯有寂静的阳光和只能奏响三个单音节的芦苇管。雷蒙的口袋里有枪，他抚摸着它，却没有动，因为他的对手没动。两人就这样对峙着。那个吹芦苇管的家伙则将脚趾大大叉开了。雷蒙逼视着对手，问我："我可不可以将他毙掉？"我想假如我给出否定的答案，雷蒙恼火之下定然会开枪，所以我说："还不到击毙他的时候，毕竟，他还没有向你表明态度。"四周非常静谧，热得很，泉水淙淙，芦苇的声音回荡。雷蒙说："那我先臭骂他一顿，等他骂我，我就毙掉他。"我说："就该这样，不过要是他不动刀子，你也不可以动枪。"雷蒙有些恼火了。吹芦苇管的那个阿拉伯人一直都没停下，他俩的注意力全都放在了雷蒙身上。我说："这样不妥，咱们还是一对一，空手决胜负，你的枪先交给我，若是那家伙动刀，或者他俩二对一，我就帮你击毙他。"

　　我接过雷蒙给我的枪，枪身在阳光下闪着光。但我们依旧一动不动，好像旁边的一切都被严密地封扎了起来。双方都凝神屏气，注视着对方，这一刻，阳光、大海、沙滩，一切都仿似被凝固，芦苇声消失了，泉水声也消失了。我想，这个时候我开不开枪都无所谓，然而，阿拉伯人突然急速后退，退到巨型岩石的后面躲了起来。见状，我和雷蒙也撤退了。雷蒙看上去很开心，还聊起了回城的公交。

　　我们一起回到了木屋，雷蒙上了台阶，我却停住了。阳光很强烈，因为暴晒，我脑袋里嗡嗡的，想到还要费劲地顺着木质的台阶走上去，还要周旋于两个女人之间，我瞬间就泄了气。可骄阳似火，强烈的阳光像暴雨一样倾泻而下，尽管一直站着没动，我还是感觉不舒服。站在那儿或者到其他地方逛逛，其实没什么区别。片刻之后，我转过身，朝着海滩走去。

大海在炎阳的暴晒下急速地喘息着，好像要窒息，细细的海浪不断地拍击着海滨的沙砾。灼热的阳光让我头昏脑涨，我顺着海滩，朝那片岩石走去。我走得很慢，身遭的热浪全都朝我聚集。一阵阵热风不断袭来，每次我都得绷着全身，攥紧拳头，咬紧牙关，只为不输给酷热的阳光，不向源于阳光的、昏昏然的幻觉投降。被贝壳、白沙、碎玻璃反射的阳光恍若利剑，一道又一道，让我的眼睛被刺得根本无法睁开，以至必须紧咬牙关。就这样，我走了很长时间。

远远地，我便看到了那一片被烈日与海雾包裹的岩石，黑色的岩体晕着光亮，格外炫目。岩石后泉水的清凉才是我心心念念的。我想从烈日的灼热中逃离，想缓解徒步的疲惫，想倾听潺潺的泉声，更想远离木屋中女性的哀哭，我要寻一片阴凉，好好休憩。可是，走近了我才发现，雷蒙的那个对头也在那儿。

他仰躺在沙滩上，双手枕在脑后，岩石的阴影将他的面颊遮蔽，蓝色的工装被洒在身上的阳光蒸腾起了一片雾气。我没想到会这样，对我而言，架打完了，事情就结束了，事后我也不会在意。

见到我，他侧了侧身，将手插进兜里，自然而然地，我也将手放进兜里，将雷蒙的枪紧紧握住。他再次躺下了，依旧是仰卧，但手却没从口袋中拿出来。虽然我们之间相距十多米远，但我仍能看到他微眯的双眸中闪烁的精光，以及他那在这片灼热的、蒸腾而起的热浪中不断跳动的脸庞。相比于午时的稳重，这个时候的海浪显得无精打采，发出的声音也很无力。阳光依旧，烈日依旧，近处绵延的还是那片沙滩。两个小时过去了，白昼仍一动不动，两个小时过去了，金属的海洋仍在沸腾，白昼却已将自己的

锚抛下。我看到一艘微型渡轮如一个小黑点般从天边
驶过，因为我一直都死死地盯着那个阿拉伯人。

　　我觉得，只要我转身离去，所有的事情都会重
新变得美好。可是在烈日的暴晒下，整片海滩都哆
哆嗦嗦，热浪从身后挤压向我。我朝泉水稍稍靠近
了几步，但我们俩之间的距离依旧不近，他也没什
么反应。大概是因为阴影遮蔽了他的脸，他看上去
仿佛是在微笑，我等着他进一步行动。和母亲下葬
之日一样，我的脸颊在烈日的炙烤下有些发烫，汗
珠凝聚于眉间，头很疼，隐藏在皮肤下的血管也在
一齐跳动。我无法忍受这样的灼热，一步向前。我
知道这一步的差距根本就无益于从酷热中逃离，我
的行动很愚蠢，但我还是朝前走了。那个阿拉伯人
并没有站起身来，却掏出了刀，正对着我的刀尖在
阳光下闪烁着寒光，让我觉得自己的脑门上仿佛正

顶着一柄炫目的长剑。这个时候，凝聚于眉间的汗珠倾泻而下，淌过眼皮之后，便像一层黏稠温热的水雾般让我的双目变得模糊，我的视线被遮挡。铙钹一样的阳光盖压在我的头顶，隐约间，刀尖的寒芒已向我逼近。我的睫毛被刀锋灼伤，双眼被刺得发疼。这一刻，天地倒旋。久积胸中的炙热与沉闷被大海一口吐出，天门洞开，天火流泻。浑身紧绷的我将枪死死地握在手中，扣动了扳机。刹那间，巨响轰鸣，我的手摸到了枪托，它真光滑。一切，都以这一刻为起点。阳光被我甩掉了，汗水也被我抖开，我知道我将今日的平衡打破了，将海滩异常的沉寂打破了，本来，沉浸于这份平衡与静谧中的我是那么自在、那么幸福。随后，我又朝着尸体开了四枪，子弹进入身体，没什么异样，这就仿佛我迫不及待地在苦难的门扉上敲了四下。

第二部

1

身陷囹圄的我已经被连续讯问过数次，每次审讯都很短暂，讯问的也都是与我的身份相关的问题。首次讯问的地点是警局，好像没有谁对我的案子感兴趣。八天后，预审法官到了，他对我很好奇，细细地打量了我很久，可讯问开始时，他问的依旧是姓名、职业、生辰、出生地、住址等，千篇一律的开场白。之后，他问我找过律师没有。我回答说没有，还询问他是不是必须得找个律师。"您为什么这么问？"他问我。我说我觉得我的案子并不复杂。他笑了笑："这是您的意见，但这和请不请律师无关。若您不想自己请，我可以给您派一位。"司法机关居然连这样的细节都关注，这让我觉得格外方便。我向预审法官陈述了我的想法，他觉得我说得没错，律法真的很完善。

他接待我的房间挂着窗帘，起初，我并没有慎重地对待他，他让我在桌边的椅子上坐下，桌上有一盏灯，灯光将我照亮，他却在阴影之中安坐。类似的情景，我曾在书中读到过，以我之见，种种司法程序就仿佛是游戏一场。在问讯完毕后，我细细地打量了他一番，他长得很秀气，高高的鼻梁，蓝色的眼眸，挺拔的身躯，唇上微微有些灰色胡茬，白发浓密。他给我的感觉十分亲切，也很讲道理，尽管他的脸会间歇性地抽搐，嘴唇也会因抽搐而被扯动。离开时，我甚至产生了与他握手的冲动，可我马上就意识到自己是个杀人犯。

次日，我在狱中见到了一位来探视的律师。他很年轻，身材矮小，胖胖的，头发梳得一丝不乱。因为酷热，我没有穿外衣，他却身着深色套装，黑白条的领带系在硬硬的衬衣领子上更显怪异。一个公文包被他夹在腋下，在自我介绍之前，他将它放在了我床上。他说他仔细阅读过我的卷宗，这是个很棘手的案子，可如果我能信任他，他依旧有把握胜诉。我对他表达了我的谢意。"现在，我们谈谈正事。"他说。

坐在我床上的他告诉我，他们已经对我的个人情况做了调查，知道前段时间我的母亲在养老院中逝世。预审推事们专程去了马朗戈，调查得知，在母亲下葬的那天，我表现得多么无动于衷。"请原谅，虽然难以启齿，但事关重大，我不得不对您进行询问，若我无法就此做出解释，它将成为您被起诉的依据，非常重要的依据。"律师说。他希望能够在我的协助下对那日的情景进行了解。他询问我，那个时候，我内心是否悲伤。他的问题让我备感讶异，我觉得如果换作我来询问，我一定不会问出如此令人难堪的问题，但我依旧给了答案，我说回忆过去对我来说很是艰难，所以我也无法提供什么情况给他。我爱我的母亲，这毋庸置疑，可这很难证明些什么。每一个身心健全的人都曾对自己挚爱之人的逝去有过期待，或多或少。说到这儿，我的话被一脸焦躁的律师打断了。他希望我在法庭上、在预审法官面前都不要这么说，他希望我做出保证。我和他解释，我的情感常常会被生理需求干扰，这是我的天性。母亲下葬那天，我很累，昏昏欲睡，所以我无法领会那个时候发生的事情所代表的含义。我能肯定，母亲的逝世是我绝对不想看到的。但这样的解释并不能让律师满意，他说："只说这些远远不够。"

他沉吟片刻，问我可不可以说当天我很悲伤，只是努力将情绪控制住了。我说不可以，我不撒谎。他看了我一眼，眼神很怪异，似乎已经有些不喜欢我了。他以一种不带丝毫善意的语气告诉我，不管怎样，养老院的院长都会和其他相关人员一起，以证人的身份出庭，对当日的情况进行陈述，那会让我无比尴尬。我提醒他，葬礼当天的事情和我现在的案子没有任何关联。他却说，我从未与司法部门打过交道，这很明显。

他气冲冲地离开了。我很想叫住他，告诉他我渴盼得到的并非强有力的辩护，而是他的怜悯，若有可能，我希望他的辩护是合理的、自然而然的。尤其是，我让他觉得别扭了，我能察觉到。他有些厌恶我，他一点儿都不理解我。我非常希望能告诉他，我和大伙没什么不同，真的没什么不同。可事实上说这些用处不大，并且，我也不想浪费口舌。

没过多久，我又见到了预审法官。这一次见面是在他那挂着纱帘的、敞亮的办公室，时间为下午两点。天很热，他请我坐下，很礼貌地通知我，我的律师临时有事不能过来了，但我有在他提问之后保持缄默的权利，也有权在律师到来之后才做出解答。我说我自己就能给出答案。桌子上有一个电子按钮，他轻轻按了一下，一位年轻的书记员走了进来，坐在我身后。

预审法官端坐于椅子上，我也是，讯问正式开始。他说在他人的印象中我不爱说话、性格孤僻，他想知道我对此有什么看法。我说："因为在我看来说什么都是不值当的，所以我不开口。"和上次一样，他微微一笑，对这个理由表示认同，认为它是最理想的，但他又立即作了补充："但是，这事无足轻重。"稍作沉默之后，他凝视着我，陡然挺直了身子，急速地说："我对您本人更感兴趣。"他这话让我有些迷糊，也就没吭声。他继续说："您的部分行为让我难以理解。我想在您的帮助下我能将它们弄明白。"我回答说这一切并不复杂。他要求我对当天枪杀的情形进行复述。我向他做了讲述，像上次和他讲过的一样：雷蒙、游泳、海滩、斗殴，再是海滩、泉水、阳光、五次枪击。在我叙述的时候，他一直说好，当我说到尸体在地上躺卧时，他说很好，像是在确定什么。而反反复复地讲述这件事，则让我感到无比厌烦，我觉得我从来都没有讲过这么多的话。

沉默半晌之后，他起身对我说，他很乐意给我一些帮助，我让他十分感兴趣，若上帝垂怜，他肯定可以帮我。但在那之前，他希望我能回答他几个问题。他直截了当地问，我是否爱我母亲。我回答："我就是个普通人，我当然爱她。"书记员打字的声音一直很有节奏感，这个时候却显得有些忙乱，或许是他打错了字，必须得重新打一遍。预审法官的问题看上去毫无逻辑，他再次讯问我，我是否连开了五枪，我思考了片刻，很肯定地说，我先开了一枪，余下四枪是几秒后开的。"您为什么在第一次开枪之后，停了片刻才第二次开枪？"他问。这时，我的眼前又出现了那天那火热而赤红的海滩，仿佛烈日仍在炙烤着我的前额。可这回我没说话。

之后是一片寂静，预审法官坐下了，他挠着自己的头，显得很焦躁，他朝着我的方向微微俯身，手臂支着桌子，神情很怪异地讯问："原因呢，您射击尸体的原因是什么？"我不知道应该怎样回答这个问题。预审法官双手抚额，声调有些怪异地再次讯问："请您回答我，为什么，究竟是什么原因？"我始终一言不发。

办公室尽头摆着一个档案柜，他突然起身，走过去，拉开橱柜的抽屉，将一个银质的十字架取了出来，然后晃动着那个十字架朝我走来，他在颤抖，声调也全变了，他问我："我手里这个东西您认识吗？"我说，认识，我认识。之后，他满怀激情、迫不及待地告诉我，他信仰上帝，在他看来，不管罪孽多么深重的人都能得到上帝的宽恕，这是他的信念。可是，若想被宽恕，就必须忏悔，要全心地沐浴神恩，要让自己的心灵变得如孩童一样无瑕。他站在我身后，整个身子都俯向我，十字架就在我的头顶晃动。老实说，他的这番话让我有些跟不上节奏。第一，我热得难受；第二，我的脸上停了几只个头很大的苍蝇；第三，这样的他让我感觉恐惧。同时，在我看来，他的话很滑稽，因为无论如何，犯罪的那个人终究是我。可他却还在喋喋不休。最后，我还是听懂了，对他来说，我的供词已经很清楚了，除了我停顿了一下才第二次开枪的原因。事实上，一切都很清晰，他没弄明白的只有……只有这点。

我正想告诉他，他在钻牛角尖，这一点根本无关紧要，他没有理由这么执拗，但我被他打断了，他挺了挺身子，再次对我说教一通，还问上帝是不是我的信仰。我说不。他恼火地坐下，说这不可能，上帝是每一个人的信仰，哪怕那个人已经背叛了上帝。他坚信这一点，从不怀疑，这是他的信念所在，若非如此，他的生活就会变得毫无意义。"莫非您想将我生活的意义剥夺？"他嚷道。对我来说，这和我一点关系都没有，这是他的事。我也这么告诉他。可是他却已经越过桌子，将十字架递到了我眼前，十字架上镌刻着基督受难时的图像，拿着它的人则有些癫狂，他喊道："作为基督徒，我会替你为你的罪祈求基督的宽恕，他之所以被钉上十字架都是为了你，你怎么能怀疑这一点？"我听得很清楚，他说的是"你"，而不是"您"，可他的这一套也确实让我厌烦。室内温度越来越高。一如往昔，当某个人的话让我备感厌烦，想要避开时，我都会假装欣喜，点头应和。让我意料不到的是，他居然认为自己获得了一场巨大的胜利，得意扬扬地说："瞧啊，快瞧，如今你不也成了上帝的信徒了吗？你是否要对他说出真相？"我说不，他跌坐在椅子上，一脸颓然。

　　他看上去很累，半晌都没说话。在我们谈话的时候，打字机的声音始终都没有停，此时，书记员正在输入最后那几句话。他目不转睛地看着我，脸上带着淡淡的伤感，声音很低沉："像您这样灵魂这么顽固的人我还是第一次见，我见过的所有犯人都会在十字架面前痛哭失声。"我想说，他们痛哭是因为犯了罪，但转念一想，我和他们也没什么不同，我也犯了罪，但我还是不习惯视自己为罪犯。他站起身来，似乎是要通知我，讯问到此为止。他一脸疲惫，不过是问了一下我是否为自己的罪行感到后悔。我稍稍思考了一下，对他说，相比于悔恨，我更愿意认为自己是厌烦了。那个时候，我觉得他根本就不明白我在说什么，但谈话已经结束，那天的事情也已结束。

之后，在律师的陪伴下，我与预审法官时常见面。他们要求我就自己供词中的某些细节进行再次讲述并进行确认，抑或一同讨论该以怎样的罪名指控我。彼时，他们根本就无心理会我。反正，讯问的方向渐渐发生了偏转。预审法官对我失去了兴趣，从某种程度上说，我的案子已经被归档。他不再像那天那样激动，也没有再就上帝这个话题和我进行探讨。由是，他与我之间的谈话变得愈加亲切与真诚。讯问一些问题，与我的律师聊聊天，审讯就这样一次次地过了。用预审法官的话来说，案子的进度始终很正常。有那么几次，我还与律师及法官就一些普遍的问题做了探讨。我开始放松，这段时间，所有的人对我都很好，一切都有条不紊地进行着，恰如其分，我甚至因此产生了如家人般亲切的可笑感觉。让我感到诧异的是预审期很漫长，足足有十一个月，其间，预审法官的某些举动让我很开心，虽然他这么做的时候并不多：讯问结束后，他会送我到办公室门口，然后拍着我的肩膀，和蔼地告诉我："异教徒先生，今天到此为止。"之后，法警会把我带离。

2

　　我不想谈及某些事，那让我厌恶。入狱后没多久，我就知道谈到身陷囹圄的日子，我会很厌恶。

　　日子长了，我觉得这样的生活既不令人厌烦也无足轻重。事实上，起初几日，我就仿佛是在期待着一种新奇的生活，而非在坐牢，直到玛丽第一次，也是唯一一次来看我之后，我才正式开始了自己的监狱生涯。那时，她给我写了一封信，她对我说，因为她不是我太太，她再次探视的请求无法得到当局的批准。那之后，我才察觉到自己的生活已经不正常了，才察觉到自己已经身陷囹圄。被捕的当天，我被关进了一间多数都是阿拉伯囚犯的牢房，我进去的时候，他们全都冲着我笑，问我犯了什么罪，我说我杀了一个阿拉伯人，闻言，他们沉默了。片刻之后，夜幕降临，他们教给我怎么铺席子，将席子的一头卷起来当枕头就能入睡了。臭虫在我脸上爬了一整夜。几日后，我被转移到一间有着木板床、铁脸盆、木马桶的单人牢房。监狱所在地是城区的一片高地，透过牢中小小的窗户能看见大海。那一天，面向阳光、抓着栅栏的我迎来了一位看守，他说，有一位女士来探视我，我想肯定是玛丽，果不其然。

探视室在走廊的另一边。走廊很长，尽头有一

段楼梯，之后还要从另一条走廊穿过。大厅很敞亮，
阳光顺着宽大的窗口照射着我。两道相距八到十米
的、横向的铁栏杆将大厅分隔成三部分，囚犯与探
视者被隔在栏杆两边。我对面站着的是身着条纹连
衣裙的玛丽，她脸部的皮肤变成了棕褐色，也许是
晒的。十多个囚犯与我同排而立，绝大多数都是阿
拉伯人。除了玛丽，她身边的人都是摩尔人，距离
她最近的是一位身着黑衣、身材矮小、紧闭着双唇
的老妇人及一位身材臃肿、说话时爱做手势的大嗓
门女人。因为中间隔着栅栏，囚犯与探视者交谈的
时候就必须提高音量。刚进大厅，四面高墙之间嗡
嗡的回声就在我耳边响起，热辣辣的阳光透过玻璃
窗反射进大厅，一切都让我头昏脑涨。我住的是晦
暗宁静的单身牢房，进来之后，用了好长时间才适
应了大厅的喧闹。之后，借着光亮，我看清了所有

人的脸。我看到两道铁栏之间的隔离带尽头有一位看守正静静地坐着。绝大多数的阿拉伯人都蹲下了，对面，他们的亲属也蹲下了。他们都没有高声叫嚷。尽管大厅中乱糟糟的，他们说话的声音却都不大，且能彼此听清，那低沉的声音从下向上传递，最终与回荡在他们头顶的声浪交织成一曲连绵的低音乐章。我的感觉十分敏锐，这些，全都是我走向玛丽的时候留意到的。玛丽正向我微笑，笑得很努力，她的身体贴在铁栏上，很漂亮，可我却不知道要怎样才能将这个想法传达给她。

她冲着我高喊："你怎么样？"

"就这样。"

"有没有什么需要的东西？身体怎么样？"

"没有，很好。"

我们相对无言，玛丽一直都在笑。那个身材臃

肿的女人一直都在喊话，她喊话的对象是个高高大
大、目光真挚的金发男人，男人就站在我身边，我
想她应该是他太太。他们已经交谈了一段时间，偶
尔也会有一些话传入我耳中：

女人的嗓门很大，她大声嚷嚷："让娜不要他，
让娜不愿意！"

男人连声说："我明白，我明白。"

"我和让娜说，你出狱后会继续雇用他，可她还
是拒绝了。"

玛丽也提高了嗓音，她对我说，雷蒙让她问候
我，我说谢谢，但身边男人的大嗓门却盖过了我的
声音，他问："这段时间他好不好？"他太太笑了，
高声说："他的身体不错，比任何时候都好。"站在
我左侧的青年很瘦小，双手纤细，始终不吭声。他
对面站着一个身材矮小的老妇人，他们彼此凝视，

十分专注。可我并没有余暇关注他们，玛丽又和我说话了，她让我别放弃。我一边凝望着她，一边说好，真希望能够将她的双肩环住，抚摸她身上的衣服，那衣料很软、很细腻，我不知道除了这些还有什么是我无法放弃的。玛丽应该也是想对我这么说吧，她始终都在冲着我笑。她的眼笑得眯了起来，牙齿熠熠闪光。她再次喊道："你肯定能出来，等你出来，我就嫁给你。"我问她你信吗？我只不过是想找个话题，她却迫不及待地表示她相信，她相信我没有犯罪，我一定会被释放，我们还能一起去游泳。她身边的胖女人又开始嚷嚷了，她说她带了一篮子的东西，有这个有那个，但她把它弄丢了，丢在书记室了，她得去检查一下那些东西，它们都很贵重。左侧的青年仍旧凝望着他母亲，母子二人相视无言。蹲在地上的阿拉伯人交谈的声音依旧很低沉。厅外的阳光越来越烈，窗户被照得闪闪发光。

　　我很想走出大厅，我始终都觉得不适，受不了这噪声，但我又希望可以多和玛丽待一会儿。究竟过了多长时间，我不清楚，玛丽一直在笑，笑着和我讲述她的工作。低沉的交谈声，高亢的喊叫声混杂在一起。唯有我身边的一对母子仍如嘈杂汪洋中的一座孤岛般寂静无声。阿拉伯人被渐次带离，从第一个人离开的时候，剩下的人就全都陷入了沉默。矮小的老妇人倚靠着铁栏杆，她的儿子已看到了看守打出的手势，于是他对她说："母亲，再见！"老妇人在两道铁栏之间将手伸了进去，缓缓地对她儿子摇摆。

　　老妇人离开后，她的位置立即被一个手拿帽子的男子占据，我的身边也换了另一个被看守带来的犯人，他们压低声音愉快地聊着天，彼时，大厅已陷入了寂静。我右侧的男人也被带走了，他太太还在高声叫嚷，丝毫都没注意到自己已无须这么做，她喊道："你要照顾好自己，警惕些！"之后就是我，玛丽给了我一个飞吻。走出大厅之后，我回首望去，她还紧贴着栏杆站在那里，强作欢颜。

这次会面之后，没过多久，我就收到了玛丽的信，从那时起，发生的所有事情，谈及之时，都会让我厌烦。无论如何，讲述这些时，我不该夸夸其谈，对我来说，想做到这点并不难。刚入狱的时候，仍存留在脑海中的自由人的意识让我分外难受。譬如，我想走向大海，想去海滨，我幻想着第一波涌到我脚下的浪涛发出的声音，幻想着在海水中畅游时身体那无拘无束的感觉，这时，我却突然意识到自己已然被禁锢，环目四顾，唯见牢舍四壁。但几个月后，这种不舒服的感觉就消失了，我的思维也已转变为囚徒的思维。我渴盼着与律师的每一次会晤，渴望每天能趁着放风在院子里走走。剩下的时间，我也做了妥善的安排。我偶尔也会想，若是我以枯树的树干为居所，除了仰首望流云无法做任何事，时间长了，我也会适应吧，我会期待不时腾飞的鸟，会渴望倏忽聚散的云，就恍若我在狱中期盼着那系着怪异领带的律师，抑或如自由时一般等待着周六到来，等待着与玛丽相拥。况且，仔细想想，我并没有以枯树干为居所，我的生活还没有到那般地步，比我更倒霉的人比比皆是，可这样自我宽慰的思维方式向来都是属于母亲的，她常说人最终能适应所有的一切。

并且，通常而言，我还没有落到这般地步。刚开始的几个月确实非常难熬，可我的努力没有被辜负，我已经从难关中渡过。譬如，我经常想女人，想得非常辛苦。我年龄并不大，这是自然而然的事情，我从不曾格外眷恋过玛丽，可我在想女人，某个或某些，想过去与我相识的女人，想我们恋爱时的种种，特别想，以至监舍中满满的都是她们的身影，强烈的性欲也随之萌动。从某个角度来看，我的精神因此而忐忑激荡，从另一个角度来看，我又因此将时间消磨了。终于，看守长开始怜悯我，每天他都会带着厨房的一群人在用餐时到来，第一个与我讨论女人的正是他。他说别的犯人也常常为此发牢骚。我说我也一样，并表示这是不公正待遇。他却告诉我："正因为如此，才将你们关押在狱中。"

"就因为这个？"

"没错，自由是什么？自由等同于女人！而你们，已经失去了这种自由。"

这一点我一直都没考虑过，但我很认同，我说：

"事实就是如此，否则惩罚又该从什么地方说起呢？"

"您说得没错，其他囚犯不明白这个道理，您明白，但最后他们还是用自己的方法将性欲问题解决了。"看守长说完就离开了。

另外还有一个问题，无烟可抽。入狱第一天，我的鞋带、领带、腰带就全被看守拿走了，我的口袋也被掏干净了，尤其是口袋中的烟。被关进单人监舍后，我曾要求看守把我的烟给我拿回来，但他们告诉我，监舍之中是不允许吸烟的。开始的那段时间，我的确很痛苦，这让我精神萎靡。没办法，我只好吸吮从木板床上抠下来的碎木片。那一天，我全天都想吐。我不明白监狱禁止吸烟的理由是什么，吸烟不会危害到任何人。过了一段时间，我懂了，这也是一种惩罚，而这个时候我已经适应了无

烟可抽的日子，所以，对我来说，这惩罚也就无法
称为惩罚了。

　　若没有这些烦恼，我也能算得上幸运了。我还
得再重复一遍，想办法打发时间才是最根本的。学
会了追忆之后，我便再没有烦恼过。我有时会回忆
自己曾经的居所，幻想着自己从房间的一隅出发，
绕着房间转一圈，再走回起点，并历数着房中所有
的物品，无论它在哪个角落。起初，数一遍并不能
花费我太长时间，但次数多了，花的时间就长了。
因为我开始追忆所有的家具，追忆家具上摆放的所
有物品，追忆与这些物品相关的细枝末节，比如其
上的裂痕，比如上头的装饰物，比如它的颜色、它
有无缺损，比如木制品的纹理，等等。与此同时，
我还努力让自己的清单变得连贯，不将任何物品遗
漏。数周后，我花费在历数旧时居所物品上的时间

就多达几个小时。由是，我越发愿意去追忆，追忆已然遗忘或者当时并不曾在意的事物。然后，我领悟了，哪怕一个人只过过一天自由的日子，他在狱中便能活过百年而不觉得日子难熬，他有太多太多可以追忆的东西，不会觉得枯燥乏味。从一定程度上说，这也是一件让人高兴的事情。

睡眠也是问题之一。起初，我夜不能寐，白昼则无法入睡。慢慢地，我晚上能睡得很香甜，白昼也可入睡。可以说，之后数月，一天之中，我有十六至十八小时都在睡梦中。这样，我需要消磨的时间就只有六小时。在吃饭、喝水、如厕之余，我用追忆自己与捷克斯洛伐克人的往事来消磨时光。

一天，我在草褥子与木床板之间发现了一张与褥垫粘连在一处的旧报纸，它很薄，而且已经泛黄。报纸上记述的是一段发生在捷克斯洛伐克、没有开

头的社会新闻。某个年轻人离乡谋生，二十五年后，

获得了丰厚钱财的他携妻儿重回故乡。那时候，他

妈妈与妹妹在乡间开了一座旅社，他将妻儿留在别

处，独自一人住进了妈妈的旅社，为的是给家人一

个惊喜。他入住时，他妈妈没能认出是他，他就想

和妈妈开个玩笑，便故意暴露了自己的钱财，还租

用了一间客房。当天晚上，为了谋财，他妈妈和妹

妹用大锤把他砸死，并弃尸小河。次日清晨，他太

太在不知情的情况下说出了他的名字，他妈妈悬梁

自尽，他妹妹投了井。这段报道我每天都要读几千

遍。一则这恍若虚构，二则又理所当然。无论如何，

住进旅社的他之所以会死全是自己找的，人这一辈

子，永远都不应做戏，更不应造假。

　　就这样，我酣睡、追忆、读报纸，昼夜更替，

时间流逝，过了一天又一天。我以前看书的时候，

看到里面说人入狱的时间长了就不再有时间概念，可我觉得，于我而言，这些意义不大。我始终都不明白，要站在什么角度，才会在自诩长日漫漫的同时，慨叹苦日无多。日子久了，自然就长了，可磨磨蹭蹭，一日日、一年年，终究会被混淆。每一天都有名字，但这名字却被遗失了。在我看来，真正有些意义的不过是明日与昨日。

这一天，我从看守那里听到了我入狱的准确时间，五个月，可对此我很是不明白。于我而言，狱中的五个月，每一天我都做着同样的事，每一天对我来说都毫无区别。那日，我在看守离开后用铁质的饭盒当镜子照了照，我觉得哪怕我在努力微笑，我的表情依旧很严肃。我笑了笑，摇晃了下饭盒，但饭盒上映照出的依旧是一张满是忧伤的严肃脸庞。入夜了，谈到这段莫名的时间，我总是觉得厌烦，喧嚣之声从各层监狱之中传来，袅袅升腾，最终却归于寂静。借着从天窗中照进来的最后一丝亮光，我打量着自己，表情还是如此严肃，这很奇怪吗？既然那时候我始终都是严肃的。可数月来，我这还是首次听清自己的声音。我听出来了，很久很久之前，我的耳畔就常有这一声音响起，原来，数月来，我始终都在自言自语。于是，我忆起了母亲葬礼当天女护士的话。不，没有出路，所有人都无法想象狱中的长夜究竟是怎样的。

3

事实上，对我来说，夏日相继，时间过得真的很迅速。天气越发炎热，我知道，我的生活中会出现许多新状况。六月底，重罪法庭会在最后一轮开庭审理我的案子。开庭那天，骄阳如火，公开辩论即将开始。律师信誓旦旦地告诉我，审理的时间至多只有三天。他还说："况且，在最后一轮中，您的案子并不是最重要的，那个时候，法庭会异常忙碌，在您的案子之后，还有一宗弑父案要审理。"

执法人员来提审我的时候是早晨七点三十分，我坐着囚车来到法院，法警将我押进一个很小的房间，里面阴湿晦暗，我们在一扇门后坐着等候，交谈声、呼喊声、吵嚷声、椅子的挪动声从门的另一边传来，就好像音乐会或者节日聚会之后，跳舞之前，人们蜂拥而至，一起将场地清理出来。法警说还得过一会儿才能开庭，一个法警给了我一支烟，我没要。片刻之后，他问我内心是否恐惧，我说没有。我还说，我这一生都没见过开庭，从某种程度上说，我对官司如何打很感兴趣，很想见识一下。另一个法警应和："这倒没错。但看多了就会觉得很疲惫。"

没过多久，室内的电铃发出了声响，法警将我的手铐摘下来，将门打开，押着我朝着被告席走。

大厅中满满的都是人，虽然窗口已经被窗帘遮住，但缝隙中流泻的阳光依旧让大厅中闷热异常。窗依旧紧闭着。我在被告席坐下，两个法警分左右站在我身边。直到此时，我才将面前的一排面孔看清，他们凝视着我，我知道，他们是陪审员，但我搞不明白这些面孔有何不同。我感觉自己仿佛还在电车里，坐在对面的是一排陌生的乘客，他们审视着新上车的我，想看看我身上有没有滑稽的地方。几乎是立刻，我就意识到自己的浮想是何等怪诞，因为坐在对面的他们在我身上寻找的并非滑稽之处，而是罪行。但在我看来，两者真的没有多大区别。

大厅的门窗全都关着，里面挤满了人，这让我有些头脑发晕。我看了看法庭，所有的面孔都看不清。如今在我看来，我始料未及的第一点就是，大厅中拥挤的人群，竟全都是来瞧我的。平日里，没有谁关注我，在法庭上，我却明白了眼前一片骚动的理由。我惊讶地对法警说："人真多啊!"他告诉我，这全都是因为报纸的渲染。他指了指陪审员席位下方的一张桌子，有一群人坐在那里，他说："就是他们。"我疑惑："谁啊?"法警说："报社的员工。"他与其中一位记者相识，那人也注意到了他，并走了过来。他看上去很慈祥，面容滑稽，已上了年纪。他和法警握了握手，非常热情。此时我才注意到，所有的人都很兴奋，就像是在俱乐部中与同一阶层的熟人相遇一般相互问候、彼此交谈。正因为如此，我才懂了，我为什么会产生自己就像突然闯进来的人一般多余的奇异错觉。可是，那位记者却微笑着与我交谈，盼望我一切顺利，我向他道谢之后，他说：

"您清楚，您的案子被我们过度炒作了。盛夏时节，报纸的销量都不好。唯一有点儿谈论价值的就只有您的案子与那桩弑父的案子了。"

之后，他指了指他才离开的地方，将其中一个人介绍给我，那是个戴着黑边眼镜的矮胖子，活像一只银鼠。他对我说，那人是个特派记者，供职于巴黎的某家报社，还说：

"但他是专程来报道弑父案的，您并非他的目标，但应报社的要求，您的案子也会被顺便提及。"

说到这里，我有点儿忍不住想要再次对他说谢谢，可转念一想，这委实很滑稽。他对我摆了摆手，态度很热情，之后便走了。

几分钟后，我见到了被数个同事簇拥着的我的律师。一身法院长袍的他朝着记者们走去，如鱼得水般与他们谈天说笑，轻松自在。当法庭的铃声响起时，他们停止了交谈，各回各位。我的律师朝我走来，在我前面站立，我们相互握手，他叮嘱我不要主动开口，回答问题时要尽量简洁，其余的事情他全都会帮我做好。

椅子挪动的声音自左侧响起，身材高瘦、戴着夹鼻眼镜、身着红色法袍的检察官走了进来，他认真地整理了下自己的袍子，之后坐下。接着执达员宣布开庭。同时，伴着两个已经被打开的大电扇的嗡嗡声，两个身着黑衣的审判员和一个身着红衣的审判员夹着卷宗快步走进大厅，走上了能俯瞰全场的审判席。最中间的椅子上坐的是庭长，一身红衣的他摘下了自己的无边直筒帽，用手帕抚了抚看不见头发的额头，宣布审判开始。

握着笔的记者们漠然的脸上带着淡淡的嘲讽，但那个身着法兰绒的灰色上衣，打着蓝色领带，年纪看上去最小的记者却没动笔，而是一直凝视着我。

他的脸不是很端正，双眼却异常清澈，他全神贯注
地看着我，神情变幻莫测，而我则产生了一种自己
在审视自己的错觉。或许正因为如此，抑或我本就
不明白法庭的流程，以至之后的所有都让我懵然，
比如，陪审员抽签，比如律师、检察官、陪审员被
庭长询问（陪审员的脑袋在问询的时候总会转向法
官），之后是迅速地宣读起诉书，除了地名与人名，
我什么都没听清，之后，律师再次被询问。

　　之后，证人被庭长传讯。部分被执达员念到的
名字引起了我的注意，我看到证人们从混沌一片的
人群中走出，进入旁门，养老院院长、多玛·贝雷
兹、养老院的门房、玛丽、雷蒙、沙拉玛诺、马松
全都在。我看到玛丽做给我的手势，她的动作很轻，
但神情焦虑，而当时我还在为没能早些与他们相见
而纳闷。塞莱斯特的名字是最后被念到的，他也站

了起来，走在他身边的，是那个穿着夹克衫，身形
瘦弱，个头不高，曾与我在饭店相遇过的一丝不苟
的女人，她的脸上还带着坚强果断的表情。她死死
地凝视着我，我却没有了思考的时间，因为庭长的
发言开始了。他说听众们已经无须再保持安静，双
方的论辩即将展开。他说让辩论朝着公正的方向发
展是他的职责，在审理此案时他会秉持客观的精神，
陪审团在做判决时也会秉持公正，无论状况如何，
他都会将有干扰法庭秩序的因素排除，哪怕那微不
足道。

大厅越发闷热了，报纸成了在场的许多人扇风
的工具，哗啦哗啦的纸声不绝于耳，执达员也在庭
长的示意下给三位法官找来了三把草扇子，拿到扇
子，他们立马开始摇动。

我被正式讯问。庭长的声音平和中带着一丝亲

切，我也乐此不疲地回答着他的问题，报出了我的姓名、年龄和籍贯。我想这是理所当然的，没什么不合理，若是将乙错当成应当接受讯问的甲，一定是一件很严重的事情。之后，庭长复述我的罪行，念三句就问我一句："是不是这样？"我则按照律师的嘱托，一律回答："没错，庭长先生。"庭长的复述十分详细，因此，这一过程耗费了不少时间。这期间，记者们在认真记录，那个个头不高、如机器般自律的女人和那个年纪最轻的记者一直都在凝视我，就像全神贯注地盯着庭长看的、恍似在电车上安坐的陪审员。庭长翻了翻卷宗，干咳一声，一边看我，一边摇扇子。

他对我说他现在要问几个看似与本案无关，实则关系颇大的问题。我知道，他要问的问题肯定与母亲相关，这让我无比厌烦。他问我把母亲送进养老院的原因，我说要照料她的生活起居必须雇人，但我没有支付这笔钱的能力。他又问我可曾为自己的做法难受过，我说母亲和我都没有想过要从对方或者其他任何人身上获得什么，对新的生活方式，我们都很适应。于是，庭长便说他并没有将这个问题刻意做强调的意思，然后问检察官是否有问题要问我。

检察官正眼都不曾瞧我一眼，稍稍转身，说如果庭长不反对，他想弄清楚我是不是抱着将那个阿拉伯人杀死的意图才独自一人重回水泉边的。我说不是。他问："既然是这样，当事人为什么直奔水泉，且携带着武器？"我说那只是个巧合。"先说这么多吧。"检察官阴阳怪气地说，并着重说了两遍。在我的印象中，后续的发展有些杂乱，庭长与陪审团私下磋商了一番之后，宣布休庭，证人证词的听取被顺延到下午。

不等我多做考虑，就已经重新坐上囚车，被带回了监狱。匆匆吃过午餐，我刚有些疲倦的感觉，就又被押回了法庭。一切重新来过，我被押入先前的大厅，看到了先前的人，唯一不同的是，大厅越发地热了，法官、律师、检察官、记者们全都奇迹般地弄到了一把草扇子。那位身形瘦小的女士也在，但她没扇扇子，仍然沉默地注视着我，年纪最轻的记者也一样。

我将面上的汗珠拭去，及至养老院的院长被传唤到庭，我才对自己的处境与身处之地稍稍有所认知。检察官问院长，我母亲是不是时常抱怨我，他说没错，却又解释，养老院的老人几乎全都对自己的亲人有所怨言，这样的表现很常见。庭长请他说清楚对被送入养老院这件事，我母亲是否有怨言。

院长说是，且没做任何补充。之后，庭长又问了他一个问题，他说母亲下葬时我表现出的平静让他备感诧异。庭长要求他对平静这个词做出说明，他瞅着他自己的鞋尖回答说，他所说的平静指的是我不曾哭泣，不愿意见母亲的遗容，母亲下葬后我没有在墓前默哀而是径自离去。他说，他还从殡仪馆的人那里听说，我不清楚母亲的具体年龄，这也让他十分诧异。说到这里，满厅静默，庭长要求养老院的院长确认他所描述的那个人真的是我，但这个问题他没听清，所以答非所问，他说："法律就是如此。"之后，庭长问检察官，需不需要向证人提问，检察官高声说："不用，不用，这足够了！"他中气十足，扬扬得意地扫视着我，让我多年来首次产生了想要哭泣的想法，这真傻，因为我已经察觉到他们对我有多讨厌。

　　庭长又询问了我的律师及陪审团，问他们有没有想问的问题，之后养老院的门房被传唤。按照相同的程序，门房到庭后，与其他人一样，在途经我身旁时，瞅了我一眼，旋即挪开了他的目光。他对所有的提问都做了回答。他说我不愿意见逝去的母亲最后一面，我吸烟，喝加了牛奶的咖啡，还睡着了。这个时候，一种愤怒的情绪弥漫了整个大厅，我首次感觉到自己真的犯下了罪行。庭长要求门房复述一下我吸烟及喝咖啡的经过。检察官盯着我，满眼讥讽。这时，我的律师问证人，有没有与我一同吸烟，可检察官陡然起身，对这问题表示激烈反对："要弄清楚罪犯是什么人？如此抹黑证人只为了将证词的力量削弱，是在做什么，哪怕是被抹黑，这份证词依旧没有任何可以辩驳的地方！"虽然是这样，门房还是被要求对律师的问题进行回答。他有些不好意思："我很清楚，那个时候抽烟是不对的，但先生把烟递给了我，我没有勇气说不要。"最后，我被问及有无需要补充的，我说："没有，并且证人说得很对，那个时候的确是我把烟递给了他。"门房感激地瞅了瞅我，似乎觉得很诧异，他稍稍犹豫了一下，还是说了那杯加了牛奶的咖啡是他请我喝的。我的律师因此变得得意，申明这一点定会被陪审团重视，检察官则在我的头顶大吼，声如雷鸣："没错，这一点会被陪审员注意，可是我得说，一个陌生人的确可以送一杯咖啡过来，但作为儿子，在生了他并将他养育成人的亲人面前，根本就不应该接受。"那时候，门房已经离开了，他坐回了自己的位置。

下一个证人是多玛·贝雷兹，他是被执法员搀扶着走上证人席的。贝雷兹表示在母亲下葬那日，他与我才初次见面，与他相识的是我母亲。法官向他问及我当天的表现，他说："先生们，你们要知道，我那个时候非常伤心，因此，没见过什么东西，伤心的情绪让我无暇他顾，因为于我而言，那实在是太难受了，我都晕倒了。所以，我没关注过这位先生。"检察官问他看没看到我哭泣。贝雷兹说没有。于是，检察官说："陪审团的各位对这一点会很重视。"可我的律师发怒了，他用一种我从未见过的夸张语调询问贝雷兹，是不是没看到我哭泣，贝雷兹说不曾看到。这样的问答造成了满堂哄笑。我的律师挽着袖子用毋庸置疑的语气说："这场审讯就是如此，一切都并非虚假，但所有的事物又都不够真实。"检察官用铅笔狠狠地戳着文件，板着脸。

暂停了五分钟后，审讯继续，律师告诉我，到目前为止一切顺利。之后，被被告指名到庭的证人

塞莱斯特被传唤，而被告方，指的自然是我。塞莱
斯特一直在摆弄被他拿在手中的那顶巴拿马草帽，
时不时地还会看我一眼。他身上穿的是连续数个周
末与我一起去看赛马时穿的那套新衣服。可我记得
那个时候那个硬硬的领衬是不存在的，因为他的衬
衫领口处只有一颗铜制的纽扣。庭长询问他，我是
否是他的客人。他说是，还说我们是朋友。庭长问
他如何看待我，他说我是个男子汉；当被问及此话
何解时，他说所有人都知道这话是什么意思；当被
问及我是否孤僻时，他说我不过是不想废话连篇。
当被问及在饭店用餐时，我是否会按时结清账单时，
他笑了，他说这是我与他之间的事。当被问及如何
看待我犯下的罪行时，他像是早就知道会被这么问
一样，以手扶栏说："依我之见，这就是一次倒霉的
意外。所有人都知道什么是倒霉的意外，它防不胜

防。哦，因此，依我之见，这就是次倒霉的意外。"
这个时候，庭长打断了还想继续说下去的他，向他
道谢，告诉他他说得已经很明白了。塞莱斯特站在
原地，看上去有些发慌，他高声说，他要接着发言，
庭长让他说话简洁些，他却又复述了自己的话，说
这件事不过是个倒霉的意外。庭长再次打断了他的
话，说："没错，这是意外事故，我们现在正在对这
倒霉的事故进行审理。我们很感谢您。"好像他已经
竭尽全力在表现自己友人般的善意。塞莱斯特转过
身来看我，他的嘴唇在颤抖，双目含泪，那模样似
乎是在询问我他还能为我做些什么。我沉默了，也
没什么表示，却平生第一次想要与一位男士相拥在
一起。在再度被要求离席后，塞莱斯特坐回了旁听
席。之后的整个审讯过程，他一直都坐在那儿，那
顶巴拿马草帽一直被他拿在手里，他的身子前倾，

用手肘枕着膝盖，听着旁人的证言。玛丽出庭了。
戴着帽子的她还是那么漂亮，可我最钟爱的仍是她
的披肩长发。从我的角度能看到她轻颤的乳房，她
那稍稍有些厚的下唇再度被我忆起。她似乎十分紧
张，刚一到庭，庭长就问她，我们何时相识的。她
说是在与我成为同事的时候。庭长又询问我们的关
系，她说我是她的男朋友，被问及相关问题时，她
表示她的确想要嫁给我。一直在翻阅卷宗的检察官
突然问道，你们发生性关系是在哪一天，玛丽说了。
检察官面无表情，他平静地指出，那是我母亲葬礼
的次日。之后，他充满嘲讽地说，他并不愿意在这
个问题上多做纠缠，他也明白玛丽的尴尬，可是，
（说到这里，他变得声色俱厉）在他看来，为了履行
他的职责，他不得不对礼节有所逾越。接着，他要
求玛丽复述那天的经历，玛丽不愿意，但检察官执

意如此，最后她还是说了，说我们那天一起去游泳、看电影，一起回家。检察官表示，他曾经就玛丽在预审时提供的证词做过调查，他希望玛丽能说出那天看的是什么电影，玛丽说是费尔南德主演的一部影片，这么说的时候，她的声调都变了。玛丽说完，全场寂静。神情肃穆的检察官突然起身，指着我，一字一顿，用不急不缓却又格外激烈的口吻说："陪审团的诸位，这个人在母亲葬礼的次日便去游泳，去看搞笑电影，便开怀大笑，还搞不正当的男女关系，我想我不需要多说什么了。"检察官坐回去后，大厅中依旧一片寂静，玛丽却突然大哭，她说当时的情况并非如此，她还有补充，她刚刚那么说只是受人逼迫，并非自己所愿，她对我很了解，我从未做过坏事，可是在庭长的暗示下，执达员将她架走了，审讯继续。

　　之后被传唤的是马松。他说我很正直，还说我是个实诚人。可满庭的人对此都不以为然。等沙拉玛诺到庭时，关注他说什么的人更是寥寥无几。他说我对他的狗很友善，关于母亲和我，他说我与母亲没有什么共同话题，因此才送她去了养老院。"应该理解啊！"他迭声说，可表示理解的人一个都没有。他被带了下去。

　　最后出庭的是雷蒙，他轻轻向我比画了个手势，张口就说我很无辜，但庭长却提醒他，他只需要阐述事实，而非替法庭做判断，要求他先回答问题。之后，他们要求他说明他与被害者之间的关系。雷蒙借机表示他才是被害人的仇恨对象，因为他对他姐姐进行了羞辱。庭长又问，被害人是不是没有仇恨我的理由，雷蒙说我到海边去只是个巧合。检察官又问，为什么那封酿成惨剧的信是我写的，雷蒙

说这是巧合。检察官对此并不认同，他说人的良知
在这件事中被巧合损毁得太多了。他想弄清楚，当
雷蒙的情人被他羞辱时，我不曾劝阻，是不是也是
巧合，我替他去警局作伪证，是不是也是巧合，我
当时的证词充满谄媚，这是不是巧合。最后，他问
雷蒙以何为生，雷蒙说他是个库房管理员。检察官
高声对陪审员们说，所有人都知道，雷蒙干的是为
妓女拉皮条的工作，我和他是同伙。这件事无比下
流，在道德的魔鬼的掺和下，事情越发严重。雷蒙
对此表示抗议，我的律师也是，可庭长示意检察官
继续。检察官说："我就说这些。您与他是朋友吧?"
他问雷蒙，雷蒙说是，我们是好兄弟。检察官对我
重复了这个问题，雷蒙凝视着我，我给出了肯定的
答案。于是，检察官再次转身，对陪审员们说："就
是他，在母亲葬礼的次日，就做出了荒淫无耻的事，

为了将一桩卑鄙且有伤风化的纠纷了结掉，就肆意谋杀。"

检察官重新坐下了，我的律师高举起手臂，袍袖滑落，露出他上浆的衬衣及其上的皱纹，他忍无可忍地大声嚷嚷："归根究底，这到底是在指控他杀人，还是在指控他将母亲下葬了？"全场轰然，检察官理了理自己的法袍，站起身来，高声说，唯有身为辩护律师的您才这么天真，天真到忽略了两者之间的深刻的、本质的、令人震惊的联系。他高声喊叫，声嘶力竭："没错，我要指控这个人在将自己的母亲下葬时怀着一颗杀人的心。"所有的观众都被他的宣告深深地影响了。我的律师也被震撼了，他无奈地耸耸肩，将额上的汗珠抹掉，我顿觉不妙。

审讯结束了。从法庭中走出登上囚车的刹那，盛夏黄昏的气息涌入鼻端，我又看到了黄昏的色彩。

囚车在不断前行，车内很昏暗，暗得就像已然困倦
的深渊，——我所钟爱的城市，我开怀之时所熟悉
的所有声音都回响在耳畔：卖报者在安闲的黄昏时
分叫卖的声音，街心公园姗姗迟归的鸟儿的啁啾声，
卖三明治的小贩的吆喝声，城市高处驶过的电车转
弯时的低吟，入夜之前港口不息的嘈杂，伴随着这
些声音，一幅在黄昏中漫步的熟悉图景出现在我脑
中，那是我入狱之前常做的，没错，身陷囹圄前，
我很满足，也很开心，但这些现在距离我委实是太
遥远了。那时候，我总是一夜无梦地安眠，总是无
所牵挂，可今时不同往日，我又回到了我的监舍，
等待次日的来临，就仿佛那盛夏夜空中划过的熟悉
的刻痕，既能通向安眠，又能直达监狱。

4

哪怕是于被告席上端坐，倾听着无数人以自己为话题，也是一件有趣的事情。我敢肯定，我的律师在与检察官争辩时曾多次提及我，甚至提及我的次数要多过提及我所犯的罪。可双方的辩论真的存在不同吗？律师高举手臂，承认我的确犯了罪，但可以被原谅；检察官也高举双臂，宣称我犯了罪，且无法被原谅。犯了罪这个词让我深觉忐忑。尽管我有很多顾虑，但我还是想插进去说说我的看法，可我的律师却告诉我，要沉默，这有益于您的案子。他们决定我的命运，全程我都不曾参与，也没有人询问我的看法。有时候，我真想打断他们，告诉他们："说到底，被告的是谁啊？最重要的是被告，我要发表我的看法！"但深思熟虑之后，我沉默了。并且，我得承认，一个人不可能长久地关注众人都感兴趣的事情。举个例子，不久之后，我就厌烦了检察官的指控。让我感兴趣或者说惊诧的反而是他的手势，他的言语，他的喋喋不休，尽管那与整体毫不相干。

若我理解正确的话，他已经基本认定我是预谋杀人，且一直在努力对此进行证明。就像他自己说的那样："先生们，我的论证要开始了，是双重论证。首先，是列举出白昼行凶的事实，其次是要从

蛛丝马迹中揭露罪犯的犯罪心理，我看透了他。"他
对母亲过世后的种种事实做了总结，说我不清楚母
亲的具体年龄，说我无情，说我次日就与玛丽一起
去游泳、看费尔南德的影片并上床。起初我没弄明
白他要说什么，因为他经常提到的是"他的情人"，
而以我之见，这并不复杂，他在说玛丽。之后，他
又对雷蒙事件做了论述。我已经察觉到，他说的话
并没有不合理之处，但看事情却很模糊。首先我与
我的同伙雷蒙密谋用一封信引出他的情人，然后让
这个道德败坏的男人去糟践她。之后，我在海滩上挑
衅了雷蒙的仇敌。我从受伤的雷蒙那里索取手枪，根
据自己先前的预谋，将那个阿拉伯人击毙。稍后，为
了彻底了结此事，我又连发四枪，在开四枪后，我表
现得很沉稳，从一定程度上说，可以算得上深思熟虑。

　　"先生们，事情便是如此，"检察官说道，"我已

经向你们论述了整件事的脉络，证明事发时当事人相当清醒，我必须强调，这与普通的谋杀案不同，并非激情犯罪，当时的情形也非情有可原，以至诸位可以考虑减轻对他的刑罚。先生们，这是一个相当狡猾的罪犯，你们可曾听到过他发言？他擅长应对，他明白所有字句的分量，我们无法说他在行动时不知道自己在做什么。"

我听着他滔滔不绝，听到他说我的好话，可我不明白，为什么对常人来说值得赞叹的优点放在罪犯身上就变得不可饶恕。最起码，我为他的论调感到惊诧，于是，我再也不去听他在说什么，直到片刻之后，我听到他说："莫非这个人曾经有过悔恨？没有！先生们，这个人在预审时从来都没有为自己的罪行感到悔恨。"说到这里，他转过身来，指着我，继续讨伐，让我颇感莫名其妙。当然，我得承认，他说得有理有据。我确实从未后悔过开枪杀人，但他的慷慨激昂却让我格外诧异。我非常希望可以满怀善意地、亲切地对他说，任何事情都不曾让我后悔过。我一直都在为今日或明日的事操劳，费神费力，忙碌不堪。但就我现在的处境而言，我自然无法用这种口气和人交谈，无论是谁。我没有向他人示好的权利，没有秉持善良的权利。思及此处，我又想要去听听检察官的长篇大论了，因为他正在对我的灵魂进行评述。

他说他始终都在对我的灵魂进行研究，却发现它格外空洞，他说事实上，我不具备人性，不具有灵魂，我一点儿都不相信为人类灵魂所推崇的道德准则，我与一切都格格不入。他还为此作了补充："自然，我们因此也没有对他进行谴责的理由。既然这些品格无法为他所有，我们就无法怨怪他不具备。

可是，在法庭上，我们应该杜绝所有可能由宽容
而导致的恶果，并用积极的、正义的结果将它取
而代之，这样做很困难，也很崇高。尤其是今天，
我们看到了这人身上那庞大的灵魂黑洞，这个黑洞
正在慢慢地转化为深渊，整个社会都有陷落的可能，
就更有这么做的必要了。"我对母亲的态度再次被谈
及，他重复了他论辩时说过的话。他滔滔不绝，乐
此不疲，关于这件事，他说的比表述我杀人时还要
多得多，以至最终我对他的话已充耳不闻，只觉得
今天上午的天气格外闷热，直到检察官稍作停顿，
之后又用一种坚定但低沉的语调说："先生们，明日
我们将开庭审理一起凶残的弑父案，"他表示这是匪
夷所思的残忍谋杀。他希望人们能以正义之名严惩
凶手。可是他得说，相比于因弑父而诱发的罪恶，
我对母亲的冷漠更可恨。在他看来，无论是从精神

上谋杀母亲，还是在现实中谋杀父亲，其罪都不应被社会所包容。从所有的角度来说，前者都是后者的前提，他用一种合法的方式对后者的发生作了预告。之后，他高声说："先生们，我坚定地认为，若是我说本案的被告与明日即将坐在这张凳子上受审的谋杀犯一样罪无可赦，你们肯定不会认为我很唐突。他理应为自己的罪行受到惩处。"说完，检察官拭去了脸庞上的汗水，最后，他做了总结，他说他坚定要完成的职责一直都让他感到痛苦，但他还是要做。他说既然社会的基本法则并不被我认可，自然而然地，我就已经自绝于社会了；既然从良心的角度来看我显得麻木，那无所期待也理所当然。他宣称："现在，我要请求你们，摘掉此人的头颅，在这么建议之时，我心情愉悦，因为在我多年的从业生涯中，我曾不止一次提出过死刑请求，但没有哪一次像今天一样让我觉得通透、平衡，让我觉得我的职责虽然艰巨却可以获得报偿，因为我是遵循着源于上苍的某种必然要遵从的旨意做的判断，是本着对这张脸的憎恶做的判断，从这张脸上，我看到的唯有残忍，别无其他。"

检察官坐回自己的座位之后，大厅中久久无声。在闷热与惊诧的作用下，我头昏脑涨。庭长清了清嗓子，干咳两声，问我有什么要说的，他的声音非常低。我起身，迫不及待地想发言，我已经憋了很长时间了，但话说出口时，却有些语无伦次。我说我没想将那个阿拉伯人杀死。庭长说这毋庸置疑，还说直到现在他也没弄明白我想为自己做怎样的辩护，并表示希望在我的律师做辩护发言之前，弄清我的杀人动机。我语速急切，没头没脑，连我自己都觉得很滑稽。我说我受了阳光的影响。全场哄笑。

我的律师无奈地耸肩，庭长立刻要求他发言。但他表示，他发言的时间很长，时间已经很晚了，不妨下午的时候再继续，法庭没有拒绝。

午后，大厅的空气格外混浊，庞然的吊扇不断将它搅动，陪审员们朝着一个方向挥动着扇子，那些精致的草扇子五彩斑斓。我有一种感觉，我的律师的辩护陈诉会无休无止。我认真地倾听了一小会儿，因为我听到他说："没错，我把人杀了。"他的话仍在继续，语气一成不变，每次谈及被告时，他都以"我"来指代。我非常纳闷，就弯下腰问法警原因，法警让我保持沉默，没过多久，法警告诉我："每一个律师都会采用这样的方法。"在我看来，整个审讯过程依旧没我什么事，我被划归为零，我的律师又用另一种方式将我取代了。但我感觉到了自己与法庭的距离越发地远了，并且，在我看来，我的律师分外可笑。很快，他就辩称是阿拉伯人先对我进行挑衅的，之后，他也开始对我的灵魂进行谈论，但我觉得比起那位检察官，他的口才差远了。他说："我也对被告的灵魂进行过研究，但得出的结果与这位检方的出色代表截然不同，我察觉到了某些东西，我敢说，它们一目了然。"他宣称，在他眼中我是个循规蹈矩、恪尽职守、备受钟爱的普通职员，我一本正经，对他人的痛苦怀抱着深刻的怜悯。他认为，我已经竭尽全力对母亲进行奉养了，我是所有儿子的榜样，最后，送母亲去养老院，也不过是希望母亲能够过上我无法为她提供的安闲舒适的生活。他还做了补充发言，他说："先生们，相关人士对养老院大肆贬谪，横加议论，这让我深感诧异。归根结底，若要对养老院的伟大及用途进行证明，只要指出所有的养老院都接受国家津贴就足够了。"

但在我看来，他的辩护还是有漏洞的，他不曾谈及
葬礼。因为他的辩护词太长，因为我的灵魂被数小
时如一、一整天无休止地评述，我觉得一切犹如一
潭死水，让我感到眩晕。

　　我依稀记得，我的律师的发言还没结束时，街
上售卖冰块的小贩将喇叭吹响了，那声音透过法庭，
在我耳畔响起，我的脑海中突然浮现出过往生活的
点点滴滴，那样的生活，我再也无法拥有，可我也
的确从那卑微却难忘的点滴中攫取过欢乐，就像盛
夏的味道，就像我钟爱的街道、黄昏的天空、玛丽
的裙子及她的笑声。我觉得自己在法庭上所有的行
为都没有任何意义，这感觉让我内心发堵，现在我
唯一的想法就是审判赶紧结束，好让我回到监舍酣
睡一场。因此，我没有听到我的律师在陈词结束时
的高喊。他说陪审团不可能将一个踏实憨厚，只因

一时不慎而犯下错误的人推向死亡的深渊，他宣称
对我来说最大的惩罚是一生都在悔恨中度过，因此
要求对我从轻判决。法庭辩论结束后，他已精疲力
竭，但他的同事们过来了，他们相互握手，我听到
他们说："亲爱的，你非常了不起。"其中一个还希望
我能捧场，他问我："如何?"我说我同意他的看法，
但我的恭维却有违我的本心，因为我真的很疲惫。

　　天色渐渐暗了下来，温度也有所下降，街边的
喧闹声在我耳畔响起，我能对黄昏的清凉进行想象。
大厅里的人都还没走，但事实上他们所期待的结果
不过只与我一人相关。我环顾整座大厅，它与昨天
没什么不同。我又看到了那个如机械般一丝不苟的
女子的目光和那位身着灰衣的年轻记者的目光，这
让我陡然想起，审讯时，我从始至终都没有看过玛
丽。不是我将她忘记了，而是因为有太多的事情需

要我应付。这个时候，我看到了她，她坐在那里，身边分别是雷蒙与塞莱斯特，我还看到她对我做了个手势，很轻微的手势，好像在说："终于结束了!"她面带忧伤，但嘴角却泛着笑，我觉得自己的心已经被冰封，无法笑着回应她。

　　法官们再次出现了。庭长对陪审团宣读了很多问题。我听到了"预谋杀人""罪犯""减刑情节"等词语。陪审员们离开了大厅，法警将我带回了候审的小屋，律师来了，他自信满满地对我说，他认为一切都很顺利，他的态度和蔼，从他滔滔的话语中我听出了在他看来我只需服苦役数年或服刑几年就行了。我问他，我能否在得到严厉的判决后上诉。他说不需要。还说为了不让陪审团厌恶，作为诉讼当事人的我应该主动放弃提出异议的权利，这是他的策略。他和我解释，不可以在毫无理由的情况下不服裁决，坚持上诉。我觉得很有道理，就同意了。事实上，冷静地思考一下，这也理所当然，要不然，又要有无数的状纸被浪费了。他继续说："不管怎样，您有上诉的权利，但我敢保证，判决会有利于您。"

我想我们等待的时间是相当漫长的，铃声响起之前，已经过去了三分钟。在我之前，律师先离开了，他说："庭长首先要宣读对双方辩词的评语，之后才宣判，那时会允许我到庭。"开门的声音在耳畔响起，我隐约听到了楼梯上传来的脚步声，但不知道距离我有多远，之后，我听到一个低沉的声音从厅中传来，好似在宣读什么。再次响铃时，我被带了进去，全场立即静默，死寂一片，我发现那个年纪最轻的记者的视线已从我身上移开，突然，一种怪异而奇特的感觉油然而生。我没看玛丽，时间来

不及了，因为庭长神色怪异地告诉我，我会在广场
上被斩首示众，以法兰西民众之名。这个时候，我
终于弄懂了审讯时听众们看我的眼神代表着什么，
那是另眼相待。法警的态度很好，律师用手拍着我
的手腕，我的大脑一片空白，庭长问我要不要发言，
我沉思片刻，选择了拒绝，随即便被从法庭中带离。

5

指导神甫再次被我拒绝了，这是第三次，我不愿意开口，和他也没有任何能够谈论的，反正，不久之后，我们还会见面。现在，我感兴趣的只有一样，能否从死刑中逃脱，能否在判决生效后觅一条生路。我再次被转移，当局为我换了监舍。躺在新监舍中，我能望见的也只是蓝天。从早到晚我都枕着双手躺在那里，看昼夜之间云彩变幻的色彩，我是在渴盼什么吧。我不晓得自己已经多少次思考过，判决生效后，有多少死囚能将执法者手中的绳索挣断，能从断头台上逃离，能在被处死之前消失无踪。想到这些，我就暗暗怨怪自己，以前没有格外注意过那些对死刑进行描写的作品。这是世人时常关注的话题，因为没有人能知道即将降临到自己身上的事情是什么。和其他人一样，此类新闻我也在报纸上读到过，但一些相关的著作，过去的我却没有任何兴趣去阅读。或许，逃脱极刑的方式就写在书本里，那样我就可以弄清楚了，最起码，绞刑架上的滑轮的确有一次停止了转动，这也许是一次防不胜防的预谋，也许是偶然，又或者是巧合，唯一的一次巧合，但事情的结局却被改变了。从某种角度来说，对我而言这就行了，其余的事情全都可以移交给我的良知。与社会债务相关的报道非常多，按照报纸上的高调言论，欠债还钱，天经地义，可是若这债务只存在于社会的幻想中，那就没有任何清偿的必要了。至关重要的是，要能够跑出去，要一下子就可以从不允许被触犯的规条之中挣脱，跑，跑得癫狂，就能将无数的机会提供给希望。当然，在奔逃之时被流弹击毙，这就是希望。虽然畅想了一番，但这种奇遇在现实中却不可能为我所遇，它缺乏实现的条件，一切都不允许做这样非分的幻想，我早就被冷酷的机制牢牢掌控。

尽管我平易良善，但这样武断且咄咄逼人的判决依旧让我无法接受。因为，归根结底，判决的做出是以这一结论为因由，在判决被宣布与其被坚决执行之间，有着滑稽的时间差，宣布判决的时间并非下午五点而是晚上八点，这俨然可能另有隐情，而且宣布判决的人是那些将旧衬衣换下，一本正经的人，用的也是法兰西民众，而非他国民众的名义，而法兰西民众是个相当模糊的概念，依我之见，这所有的事情都让判决大失严肃性。但我得承认，自判决被做出，它就变得如我的身体所凭依的监舍四壁一样准确、严酷、无情。

这时，我想起了母亲和我讲过的一件往事，它与我那素未谋面的父亲相关。对父亲，我了解到的所有准确的信息，全都源于母亲：一天，他去旁观杀人犯的行刑过程。尽管去旁观杀人让他备感不适，但他还是去了，回来之后，他整个早晨都在呕吐。我听说这件事后，对我父亲就有些不喜欢。如今，我懂了，他这么做本就理所当然。我以前为什么不曾意识到最重要的事情就是死刑的执行，为什么不曾意识到，人们备感兴趣的到底还是这样的事啊！若我有从监狱中走出的那一天，我一定要去旁观死刑的执行。我确信，我不该这么想，不该对这种可能进行假定。因为，当我想到若某日清晨，拿着绳索的警察站在作为观众的我的另一面，我看完热闹之后大吐特吐，我的心中就会涌起一阵恶毒的兴奋，可这与理性相悖。我不应该放纵自己的思绪，因为这么想着，恐怖的寒意便充斥了我全身，我蜷缩在被子中，牙关不由自主地在打战。

诚然，所有的人都无法一直保持理智。譬如，我曾数次立法。我对刑法作了改革，我注意到给被判死刑的人一次机会才是最重要的，哪怕这机会只有千分之一，也能妥善地将许多事情都做好。这样，我认为，人们应当发明一种服用后死亡率高达百分之九十的化学药物，给受刑者服用（是受刑者，我觉得没错）。服用条件是受刑人要先知情。反复思考、镇静衡量之后，我发现断绝了所有机会才是断头台的最大缺陷。一锤砸下，受刑者绝无幸免，更没有任何回旋的余地。那样的安排不容更改，那样的案子如铁板钉钉，那样的协议无法回旋，早已协商一致。若断头机出现意外故障，就得再次受刑，所以一个让人烦恼不已的问题产生了，那就是受刑人还得盼望着断头机别出故障。在这里，我所说的不过是一些不完善的地方。从一定程度上来说，这就是事实。但从另一个角度来看，我得承认，它汇聚了这一严谨机制的所有玄妙。总之，从精神的角度来看，受刑人必须与整套机制保持一致。要关注一切是否正常运转，有无意外。

我得承认，截至目前，我对这些问题的思索有很多都是错的。譬如，不知道为什么，我一直都认为断头台是要一级一级向上走的。现在，依我之见，根源就在1789年发生的法国大革命上，亦即人们教会我、促使我这么认识这一问题。可是，某日清晨，我想起一张曾在报纸上刊登的与那次大噪一时的行刑相关的报道的配图，才发现断头机事实上比我想象得要简单，它很窄小，就在地上平放着。我真奇怪，以前我怎么没看出这一点。我对图片上那熠熠闪光、精密且毫无缺陷的断头机有着强烈的好奇。对自己不曾认知的事物，人们总会抱着一些夸张且虚妄的想法。我应当清楚，一切都很简单：断头机被平放在地上，受刑人也站在平地上，受刑人走向机器，他走近它，就仿佛与另一个人相遇一样。诚然，这不是一件讨喜的事情。想象在登上断头台的时候可以尽情挥洒，幻想着已进入天国。事实上，一切都被断头机摧毁了，悄无声息地被处死委实有些尴尬，但也相当精准便捷。

黎明让我牵肠挂肚，上诉更让我念念不忘。事实上，我从始至终都在劝慰自己，劝自己竭尽所能不要去想这两件事。我尝试着让自己在仰卧时对看见的天空感兴趣。傍晚时分，天空会转变成绿色。我继续努力，将我的思绪转移。我听到了常伴我身边多年的怦怦的心跳声，我无法想象它竟会在某一天停止跳动。真正的想象力从来都不曾为我所有。可我仍然努力去想象心跳声与大脑失联的刹那。就算是这样，却依旧徒劳，我的脑海中萦绕的依旧是黎明、是上诉。最后，我告诉自己，最合理的方式，就是不再难为自己。

我很清楚，他们总会把提犯人的时间安排在黎明。所以，我专注地等待了整整一夜，等待黎明的到来。我对突如其来的事情一直很厌恶，人会因此手足无措。我更喜欢在事前做好充足的准备，正因为如此，我才在白昼时小睡，入夜后则耐心地等待天窗中洒下阳光。破晓之时是最难熬的，我知道他们总喜欢在这朦朦胧胧的时刻行动。午夜过后，我就一直在窥伺，在等待。从没有什么时候，我的耳畔会响起如此多的声音，我从没有什么时候，对如此细微的声音进行过辨别。可以说，在此期间，我尚算幸运，没有听到来提我的脚步声。以前，母亲经常说，一个人哪怕一时遭遇不幸，却不可能永远遭遇不幸。当晨曦将天空渲染，牢房中新的一天悄然而至时，我觉得母亲说的话非常有道理。因为，我的心紧张得仿佛要爆炸，那脚步声我本该听到。甚至，最轻柔、最微弱的窸窣声也曾叩响我的门扉，我把耳朵紧紧地贴在大门上，有些惶然，有些癫狂地等待着，耳边响起如狗一样粗重的喘息声，这是我在呼吸，它让我分外恐惧，可我的心脏最终也没因为恐惧而爆炸，我又多生存了一天。

　　一整天的时间，我都在思考上诉的事情。在我看来，这一想法中最珍贵的部分已经被我抓住。我对我可能得到的结果做着预估，这样的思考让我感到快乐。我总是往最坏的方面思考，即他们驳回了我的上诉。"那样的话，我便唯有等死了。"很显然，我会死在很多人之前。但人们都明白，活着也没什么价值，烦不胜烦。我很清楚三十岁死去和七十岁死去并没有多大区别，因为无论如何，其他的男女依旧还活着，几千年来，生活始终都如此。总之，最一目了然的莫过于此了。反正，无论是现在，还是二十年后，死的那个人都是我。此时，想到这些，我觉得进退维谷，想到自己还有二十年的生命，这飞跃的概念委实令我很不习惯。但二十年后的我会怎么想呢，我得将这想法压下去，将来如何，按部就班就好。既然死亡无法避免，那么何时死，怎么死，也便没什么大不了了，这个道理显而易见。因此，若他们驳回了我的上诉，我就会顺从。可是，于我而言，"因此"这个词所代表的逻辑含义始终令我念念难忘，这真是个难题。

此时此刻，也唯有此时此刻，我才能被称为权利所有人，能用某种方式做出第二种设想，即我会被特别赦免。让自己的身体与血液不过于亢奋委实是件麻烦的事情，更麻烦的是我还要控制自己不要因为那近乎癫狂的喜悦而不眼前发黑。我要保持冷静，要尽力将欢呼压下。这样设想时，我要表现得很自然，这样第一种设想被我放弃就不会有悖情理。我这样做了，没有失败，由是，我获得了一小时的宁静，这么做实在不是一件简单的事情。

也便是在此时，指导神甫再次遭到了我的拒绝。那时候，我正以卧姿仰望天空，那淡淡的金黄预示着黄昏将临。上诉的想法被我放弃了，浑身血液的流动也因此恢复了正常，我无须与指导神甫见面。首次想起玛丽是很久之前的事情了。我有很长时间都没收到她的信。这天晚上，我辗转沉思，心想或许她早就不愿意做我的情人了，我是个死囚。当然，我也想过她没准疯了，或者过世了，生老病死，本就寻常。既然除了肉体关系，我们之间再无牵绊，而今连肉体关系都没有了，那么又何必彼此眷恋，我根本就不知道她近期的生活状况。况且，从今之后，想起玛丽也再不会让我动容。如果她过世了，她便再也无须我关心。我没觉得这是错的，因为我知道，我死后也会被遗忘。我甚至无法指责他们无情，因为我与他们原本就不相干。

指导神甫走进来的时候，我正在这么想。见到他，我忍不住战栗，很轻，但他还是看出来了，他

让我别怕。我说他平时不是这个时间来。他说，这只是一次单纯的拜访，充满善意，无关乎上诉，实际上他也的确不知道这其中的任何事情。他在我的小床上坐下，邀请我坐在他身边。我说不。但他的态度仍让我觉得十分亲切。

他将双手平放在膝盖上，垂首，注视着自己的手，稍坐了片刻。他的手很结实，也很纤细，就像两只伶俐的野兽。他就那么低头坐着，缓缓地将双手揉搓，坐了很长很长时间，长到我差点忽略了坐在那里的他。

可是他却突然抬头，双目逼视着我，问："我的探访被您多次拒绝，是什么原因？"我说我不是上帝的信徒。他想弄清楚我是否绝对赞同这一点，我说我没有考虑这些的必要，在我看来，这个问题无关紧要。他背靠着墙壁，身体稍稍后仰，双手放于双

腿上，似乎是在自言自语，他说他注意到很多时候
人在没有把握的时候总认为自己非常有把握。闻言，
我沉默了。他凝视着我问："您怎么看待这些？"我
说这种可能也许存在。但不管怎样，或许我对自己
感兴趣的事情没有绝对把握，但对我不感兴趣的事
情我的把握却十足，而我们聊的内容恰恰不是我的
兴趣所在。

　　他一动不动，目光却已从我身上移开，他问我
是不是因为太过绝望才这么说。我说我很恐惧，但
不绝望，这没什么好奇怪的。他说："既然如此，您
会得到上帝的帮助。我遇到过的所有与您处境相同
的人最终都成了上帝的信徒。"我说，我不否认这些
权利为他们所有，这也恰好证明他们还有这么做的
时间。而我并不想接受他人的帮助，并且我也不具
备对不感兴趣的事物萌生兴趣的时间。

他很愤怒，双手因为愤怒在不断颤抖，但他还是理了理长袍上的皱褶，将身体挺得笔直，称呼我为朋友，他说，他并不是因为我是死囚才对我这么说；他认为，我们都是死刑犯，包括他自己。他的话被我打断了，我告诉他这是两码事，并且他的话语无论怎样都无法给我安慰。他认为我说得没错，他说："的确是这样。但即便您今日能幸免，他日依旧会死亡。那个时候，您遇到的问题不会有什么不同，那个时候，您要如何面对这一考验？"我说我今日是如何面对的，来日仍会如何面对。

闻言，他霍然起身，逼视着我。这种伎俩我并不陌生，我常和塞莱斯特和埃玛尼埃尔如此嬉闹，一般说来，最后移开目光的肯定是他们。这样的戏法，指导神甫很熟悉，他立马就被我看穿了，果不其然，他一动不动地逼视着我，声色俱厉地问："莫非您已对希望失去了念想？莫非您活着就是为了整日思索即将到来的毁灭？"我说没错。

他又低着头坐下了，他说他很同情我，在他看来，人根本就无法忍受这样的生活。而我，只觉得他很厌烦。我侧过身去，以肩倚墙，站在窗下。他又问了我一些问题，我却已神思不属。他的声音很急促，带着忐忑。我想他是动情了，所以，听得也相对认真了一些。

他说他坚定地相信我的上诉一定会获得批准，可我身上仍背负着罪孽，我需要将它摆脱。他认为，人之正义无关紧要，代表一切的当是上帝之正义。我提醒他，我的死亡判决来自前者。他说，我的罪孽并没有因此被洗刷。我告诉他我根本就不知道罪孽是什么，我被法庭告知，我是罪犯，我就得付出代价，其他的人不该再对我有更多要求。我的话音未落，他再次起身了，我想，监舍如此狭小，他若想活动，除了坐下，就是站起来，再也没有别的选择了。

我双目凝视着地面。他朝我走了一步，驻足，似乎再也没有勇气前进，透过铁质的栏杆，他仰望着天空，告诉我："我的孩子，您这么说是不对的，您能被要求做的事情还有很多，也许您会得到来自我们的这样的要求。"

"什么要求？"

"要求您凝望。"

"凝望什么？"

神甫环目四顾，我突然发现他的声音中充满了疲惫，他说："我知道，每一块石头都是痛苦的，每次与它们相见，我都能感受到它们忧伤的内心。可实话实说，我很清楚，身世最凄凉的囚徒总是能看到浮现于这黑魆魆的石头上的充满神圣的脸，我们让您凝望的，便是这张脸。"

我很激动，还带着愤怒。我告诉他，数月来，我每天都在看这些石头墙壁，我比世界上其他任何人都了解它们。或许，在已经过去的某段漫长的时间里，我确实看到过浮现于石壁上的脸颊，但那张脸洒满了阳光，满怀着欲望，那是玛丽的脸。现在，我完了，徒劳无功。反正，我看不到在这潮湿渗水的石头上浮现的任何事物。

指导神甫用一种悲悯的眼神望着我，现在的我，整个身体都倚靠在墙壁上，前额上洒满了阳光，我没听清他说了什么，之后他又问我，我能不能和他拥抱一下，我拒绝了。他转过身，走向石壁，将手放在那里，轻声呢喃："莫非您对此世竟如此钟爱？"我没吭声。

　　他伫立了很长时间，一直背对着我。他的存在让我既愤怒又压抑。我想让他放弃我，赶紧离开，可他却在这个时候回过身来，冲着我高喊："不，您的话无法令我相信，您一定对另一种生活有过祈盼，我坚信。"我说没错，可是这种祈盼与希望游泳速度更迅捷，希望获得丰厚的财产，或者希望嘴巴能更加迷人一样，都无关紧要。它们没什么不同。我的话被他打断了，他说他希望知道我对另一种生活的设想。于是，我冲他嚷嚷："就是我能对如今的生活进行追忆的生活。"旋即，我又告诉他，我再也无法忍受了。他希望我们能一起谈谈上帝，但我已逼近他，我想要最后一次让他明白留给我的时间太少了，我不想为了上帝将它们浪费。他尝试着换一个话题，问我为什么不称他为"我的父亲"而是"先生"，他的话让我愤怒异常，我告诉他，我的父亲本就不是他，他要当父亲还是去找别人吧。

"不，在这里，您当以我为父，我的孩子，"他将手放在我肩上，"这一点您还搞不清，因为您的内心依旧充满了迷惘，我会为您祈祷。"

这个时候，我突然觉得自己身上似乎有什么东西爆开了，我声嘶力竭地冲他吼，我拽住他的衣领，告诉他我不需要他的祈祷，我向他倾泻着内心所有的情绪，包括全部的喜怒哀乐。他不是很得意吗？不是坚信有把握吗？但他的坚信还比不上女子的一根发丝，他没有把握说自己还没死，因为他本就是行尸走肉。至于我，我似乎什么都没有，但我能把握我自己，把握我的所有，比他强很多。没错，这种把握是我仅剩的东西了，可最起码这个真理依旧掌控在我手中，就像我已经被真理俘获一样。无论是过去、现在还是未来，真理始终都为我所有。我

的生活曾经是这样，或许，曾经是另一种。我做过
这些，没做过那些，这样的事情我做过，那样的事
情我没做过。可将来呢？好像以前的我一直对这一
分钟满怀期待，亦即黎明到来，亦即我或许会被改
判无罪。所有的东西都无关紧要，所有的东西，我
知晓原因，他也知晓原因。在我还过着那荒唐的生
活的时候，一股源自未来深处的阴暗气息便已经朝
我袭来，它从未来的时光中穿过，有它的地方，我
从他人那里得到的每一种事物都不再有高低优劣之
分，相比于曾经的生活，未来的生活也未必就更加
真实清晰。他人生命的终结，母亲的爱情，对我来
说无关紧要。既然我的命运已经注定，而像这位神
甫一样被生活眷顾的千万人还在用兄弟来称呼我，
那么对我来说，他们对生活的选择，他们已经注定
的命运，被他们所崇奉的上帝，同样无关紧要。他

明白吗？大家都很幸运，世界上没有不幸的人。终有一日，其他所有的人也会被处以死刑，没有特例，包括他自己，无法逃脱。这么说来，遭到谋杀的控诉，只因为不曾在母亲下葬之日落泪就被处以极刑，也无关紧要。对沙拉玛诺来说，他的狗等同于他太太，那个如机器般一丝不苟的矮小女子和马松来自巴黎的太太及盼望着与我结婚的玛丽，也都是一样的，全都有罪。雷蒙是不是我的同伙并不重要，相比于雷蒙，塞莱斯特是否更好也不重要。今天玛丽是否正在与另一个默尔索接吻也无足轻重。他懂了，这个神甫，他也接到了死亡判决！在未来的死亡之渊中呐喊，因呐喊而窒息。可这个时候，神甫被其他人解救了，我遭到了看守严厉的恐吓，神甫劝慰他们，让他们安静。之后，他双目含泪，一声不吭地看着我，良久之后，转身离去。

　　我在他离开之后便恢复了平静。我躺倒在床上，浑身无力。醒来时，入目的是满天繁星，我想我一定是睡着了。种种源于田野的声音在我耳畔响起。大地的气息，夜的气息，大海的气息，凉了我的鬓角。盛夏的夜晚静谧得出奇，我的身体早已被潮水般的静谧浸透。这个时候，汽笛声响起，天快亮了，世人在它的宣告声中又开始了一段全新的征程，他们要去哪里，从此之后，对我来说再也不重要。这般漫长的时间过后，我首次想到母亲。我好像明白了，暮年的她为什么还要给自己找一位"未婚夫"，为什么又做起了"从头再来"的游戏。另一侧，看起来也没什么不同，在养老院中，一个生命在凄惶之中逝去，周遭的夜色就仿佛是一条裂缝，让人怅惘。与死亡这般接近，母亲一定也有解脱之感吧，所以想要从头再来一次。所有人，所有的人都没有为她哭泣的权利。至于我，我也已经做好了从头再来的准备。内心的苦痛似乎已经被突如其来的怒火消除了，七情六欲也被掏空，现在，直面星空，直面静谧的夜的我，首次将自己的心扉向这个无情的世界敞开。我感受到了这个世界，它如此和谐，如此友善，就像我一样，我觉得无论是过去还是现在，我都很幸福。因为希求善始善终，因为不愿意被视作另类，因为想获得圆满的功德，我渴盼着行刑日的到来，看热闹的人有很多，他们全都冲着我大叫大嚷，满怀仇恨。